巴金散文系列

废园外

山东画报出版社
济南

图书在版编目（CIP）数据

废园外/巴金著. —济南：山东画报出版社，2023.4
（巴金散文系列）
ISBN 978-7-5474-4226-5

Ⅰ.①废… Ⅱ.①巴… Ⅲ.①散文集－中国－现代 Ⅳ.①I266

中国国家版本馆CIP数据核字(2023)第045793号

FEIYUAN WAI
废园外
巴　金　著

巴金故居策划

责任编辑　怀志霄
装帧设计　蔡立国

主管单位　山东出版传媒股份有限公司
出版发行　山東畫報出版社
社　　址　济南市市中区舜耕路517号　邮编 250003
电　　话　总编室（0531）82098472
市场部（0531）82098479
网　　址　http://www.hbcbs.com.cn
电子信箱　hbcb@sdpress.com.cn
印　　刷　山东临沂新华印刷物流集团有限责任公司
规　　格　130毫米×185毫米　32开
5.5印张　4幅图　6.02千字
版　　次　2023年4月第1版
印　　次　2023年4月第1次印刷
书　　号　ISBN 978-7-5474-4226-5
定　　价　36.00元

1941年年初，巴金回成都，与妹妹琼如（后排左三）及大哥子女合影

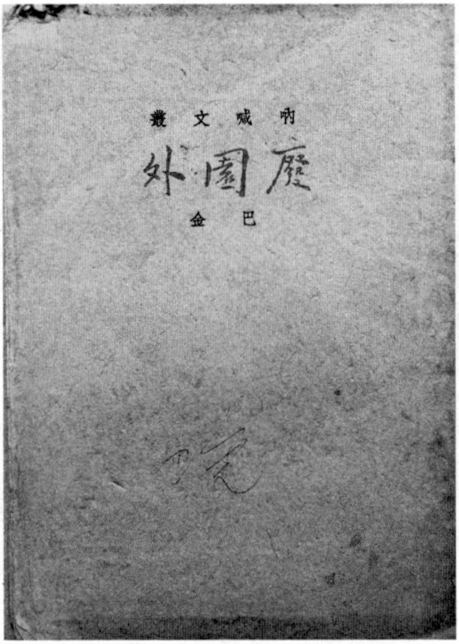

《废园外》1942年6月烽火社渝初版书影

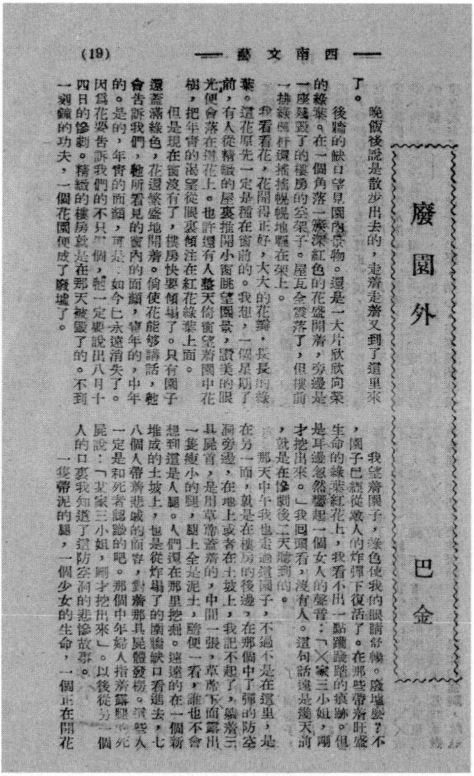

廢園外

巴金

晚飯後說是散步出去的，走着走着又到了這里來了。

後牆的缺口望見園內景物。還是一大片欣欣向榮的綠葉。在一個角落一簇深紅色的花盛開着，旁邊是一座殘毀了的樓房的空架子。屋瓦全震落了，但樓前一排綠欄杆還搖搖幌幌地懸在架上。

我看看花，花開得正好，大大的花瓣，長長的綠葉。這花原先一定是種在窗前的。我想，一個星期了前，有人從精緻的屋裏推開小窗眺望園景，讚美的眼光，便會落在這花上。也許還有人整天倚窗望着園中花樹，把年青的渴望從眼裏傾注在紅花綠葉上面。

但是現在窗沒有了，樓房快要傾塌了。只有園子還蓋滿綠色，花還繁盛地開着。倘使花能够講話，牠會告訴我們，牠所看見的窗內的面顏，青年的，中年的。是的，年青的面顏，可是如今已永遠消失了。因爲花要告訴我們的不只一個，牠一定要說出八月十四日的慘劇。精緻的樓房就是在那天被毀了的。不到一刻鐘的功夫，一個花園便成了廢墟了。

我望着園子，綠色使我的眼睛舒暢。廢墟麼？不，園子已經從敵人的炸彈下復活了。在那些帶着旺盛生命的綠葉紅花上，我看不出一點被蹂躪的痕跡。但是耳邊忽然響起一個女人的聲音：「×家三小姐，剛才挖出來。」我回頭看，沒有人。這句話還是幾天前，就是在慘劇後二天聽到的。

那天中午我也走過這園子，不過不是在這里，是在另一面，就是在樓房的後邊，在那個中了彈的防空洞旁邊，在地上或者在土坡上，我記不起了，躺着三具屍首，是用草席蓋着的，中間一張草席下面露出一隻瘦小的腿，腿上全是泥土，隨便一看，誰也不會想到這是人腿。人們還在那里挖掘。遠遠的在一個新堆成的土坡上，也是從炸塌了的圍牆缺口看過去，七八個人帶着悲戚的面容，對着那具屍體發楞。這些人一定是和死者認識的吧。那個中年婦人指着露腿的死屍說：「某家三小姐，剛才挖出來」。以後從另一個人的口裏我知道了這防空洞的悲慘故事。

一隻帶泥的腿，一個少女的生命，一個正在開花

《废园外》一文1942年1月《西南文艺》第2期初刊书影

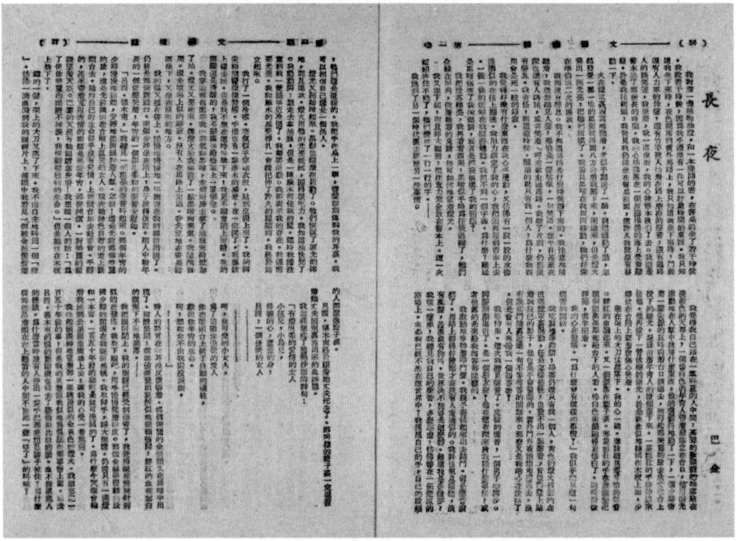
長夜
巴金

《长夜》一文1942年1月《文艺杂志》第1卷第1期初刊书影

出版说明

本书收作者1938—1942年间在广州、桂林、昆明等地所写的散文，时值中国抗战最为艰难的时刻，然而，正如作者在《后记》中所言，这些文章都被这样一个信念贯穿着："正义的最后胜利。"

本书作为作者主编的呐喊文丛之二，由烽火社1942年6月出版渝一版。版权页标注，发行者：烽火社；总经售：文化生活出版社

（桂林）。全书大部分篇章经修订后收入《巴金文集》第十卷（人民文学出版社1961年10月版），全书又收入《巴金全集》第十三、第十二卷。

原书共将文章分为三辑编排，此次据《巴金全集》目次和文本排印，个别文字和用法仍保持原貌，并未根据当下编校规范修改和统一。附录部分为本书编者所增，为作者同一时期所写的其他文章，有助于读者了解作者当时的观点和主张。

目　录

废园外

附　录

废园外

废园外*

晚饭后出去散步，走着走着我又到了这里来了。

从墙的缺口望见园内的景物，还是一大片欣欣向荣的绿叶。在一个角落里，一簇深红色的花盛开，旁边是一座毁了的楼房的空

* 本篇最初发表于一九四二年一月《西南文艺》第二期。

架子。屋瓦全震落了，但是楼前一排绿栏杆还摇摇晃晃地悬在架子上。

我看看花，花开得正好，大的花瓣，长的绿叶。这些花原先一定是种在窗前的。我想，一个星期前，有人从精致的屋子里推开小窗眺望园景，赞美的眼光便会落在这一簇花上。也许还有人整天倚窗望着园中的花树，把年轻人的渴望从眼里倾注在红花绿叶上面。

但是现在窗没有了，楼房快要倾塌了。只有园子里还盖满绿色。花还在盛开。倘使花能够讲话，它们会告诉我，它们所看见的窗内的面颜，年轻的、中年的。是的，年轻的面颜，可是，如今永远消失了。花要告诉我的还不止这个，它们一定要说出八月十四日的惨剧。精致的楼房就是在那天毁了的。不到一刻钟的功夫，一座花园便成了废墟了。

我望着园子，绿色使我的眼睛舒畅。废

墟么？不，园子已经从敌人的炸弹下复活了。在那些带着旺盛生命的绿叶红花上，我看不出一点被人践踏的痕迹。但是耳边忽然响起一个女人的声音："陈家三小姐，刚才挖出来。"我回头看，没有人。这句话还是几天前，就是在惨剧发生后的第二天听到的。

那天中午我也走过这个园子，不过不是在这里，是在另一面，就是在楼房的后边。在那个中了弹的防空洞旁边，在地上或者在土坡上，我记不起了，躺着三具尸首，是用草席盖着的。中间一张草席下面露出一只瘦小的腿，腿上全是泥土，随便一看，谁也不会想到这是人腿。人们还在那里挖掘。远远地在一个新堆成的土坡上，也是从炸塌了的围墙缺口看进去，七八个人带着悲戚的面容，对着那具尸体发愣。这些人一定是和死者相识的罢。那个中年妇人指着露腿的死尸说：

“陈家三小姐，刚才挖出来。”以后从另一个人的口里我知道了这个防空洞的悲惨故事。

一只带泥的腿，一个少女的生命。我不认识这位小姐，我甚至没有见过她的面颜。但是望着一园花树，想到关闭在这个园子里的寂寞的青春，我觉得心里被什么东西搔着似地痛起来。连这个安静的地方，连这个渺小的生命，也不为那些太阳旗的空中武士所宽容。两三颗炸弹带走了年轻人的渴望。炸弹毁坏了一切，甚至这个寂寞的生存中的微弱的希望。这样地逃出囚笼，这个少女是永远见不到园外的广大世界了。

花随着风摇头，好像在叹息。它们看不见那个熟习的窗前的面庞，一定感到寂寞而悲戚罢。

但是一座楼隔在它们和防空洞的中间，使它们看不见一个少女被窒息的惨剧，使它们看不见带泥的腿。这我却是看见了的。关于这我将怎样向人们诉说呢?

夜色降下来，园子渐渐地隐没在黑暗里。我的眼前只有一片黑暗。但是花摇头的姿态还是看得见的。周围没有别的人，寂寞的感觉突然侵袭到我的身上来。为什么这样静?为什么不出现一个人来听我愤慨地讲述那个少女的故事?难道我是在梦里?

脸颊上一点冷，一滴湿。我仰头看，落雨了。这不是梦。我不能长久立在大雨中。我应该回家了。那是刚刚被震坏的家，屋里到处漏雨。

1941年8月16日在昆明。

火*

船上只有轻微的鼾声，挂在船篷里的小方灯突然灭了。我坐起来，推开旁边的小窗，看见一线灰白色的光。我不知道现在是什么时候，船停在什么地方。我似乎还在梦中，那噩梦重重地压住我的头，一片红色在我的

* 本篇最初发表于一九四一年十一月十三日桂林《大公报·文艺》。

眼前。我把头伸到窗外，窗外静静地横着一江淡青色的水，远远地耸起一座一座墨汁绘就似的山影。我呆呆地望着水面。我的头在水中浮现了。起初是个黑影，后来又是一片亮红色掩盖了它。我擦了擦眼睛，我的头黑黑地映在水上。没有亮，似乎一切都睡熟了。天空显得很低。有几颗星特别明亮。水轻轻地在船底下流过去。我伸了一只手进水里，水是相当地凉。我把这周围望了许久。这些时候，眼前的景物仿佛连动也没有动过一下；只有空气逐渐变凉，只有偶尔亮起一股红光，但是等我定睛去捕捉红光时，我却只看到一堆沉睡的山影。

我把头伸回舱里，舱内是阴暗的，一阵一阵人的气息扑进鼻孔来。这气味像一只手在搔着我的胸膛。我向窗外吐了一口气，便把小窗关上。忽然我旁边那个朋友大声说起话来："你看，那样大的火！"我吃惊地看那个朋友，我看不见什么。朋友仍然沉睡着，刚才动过一下，似乎在翻身，这时连一点声音也没有。

舱内是阴暗世界，没有亮，没有火。但是为什么朋友也嚷着"看火"呢？难道他也做了和我同样的梦？我想叫醒他问个明白，我把他的膀子推一下。他只哼一声却翻身向另一面睡了。睡在他旁边的友人不住地发出鼾声，鼾声不高，不急，仿佛睡得很好。

我觉得眼睛不舒服，眼皮似乎变重了，老是睁着眼也有点吃力，便向舱板倒下，打算阖眼睡去。我刚闭上眼睛，忽然听见那个朋友嚷出一个字："火！"我又吃一惊，屏住气息再往下听。他的嘴却又闭紧了。

我动着放在枕上的头向舱内各处细看，我的眼睛渐渐地和黑暗熟习了。我看出了几个影子，也分辨出铺盖和线毯的颜色。船尾悬挂的篮子在半空中随着船身微微晃动，仿佛一个穿白衣的人在那里窥探。舱里闷得很。鼾声渐渐地增高，被船篷罩住，冲不出去，好像全堆在舱里，把整个舱都塞满了，它们带着难闻的气味向着我压下，压得我透不过气来。我无法闭眼，也不能使自己的心安静。我要挣扎。我开始翻动身子，我不住地向左右翻身。没有用。我感到更难堪的窒息。

于是耳边又响起那个同样的声音："火！"我的眼前又亮起一片红光。那个朋友睡得沉沉的，并没有张嘴。这是我自己的声音。梦里的火光还在追逼我。我受不了。我马上推开被，逃到舱外去。

舱外睡着一个伙计，他似乎落在安静的睡眠中，我的脚声并不曾踏破他的梦。船浮在平静的水面上，水青白地发着微光，四周都是淡墨色的山，像屏风一般护着这一江水和两三只睡着的木船。

我靠了舱门站着。江水碰着船底，一直在低声私语。一阵一阵的风迎面吹过，船篷也轻轻地叫起来。我觉得呼吸畅快一点。但是跟着鼾声从舱里又送出来一个“火”字。

我打了一个冷噤，这又是我自己的声音，我自己梦中的“火！”。

四年了，它追逼我四年了！

四年前上海沦陷的那一天，我曾经隔着河望过对岸的火景，我像在看燃烧的罗马城。房屋成了灰烬，生命遭受摧残，土地遭着蹂躏。在我的眼前沸腾着一片火海，我从没有见过这样大的火，火烧毁了一切：生命、心血、财富和希望。但这和我并不是漠不相关的。燃烧着的土地是我居住的地方；受难的人们是我的同胞、我的弟兄；被摧毁的是我的希望、我的理想。这一个民族的理想正受着熬煎。我望着漫天的红光，我觉得有一把刀割着我的心，我想起一位西方哲人的名言："这样的几分钟会激起十年的憎恨，一生的复仇。"[①] 我咬紧牙齿在心里发誓：我们有一天一定要昂着头回到这个地方来。我们要在火场上辟出美丽的花园。我离开河岸时，一面在吞眼泪，我仿佛看见了火中新生的凤凰。

四年了。今晚在从阳朔回来的木船上我又做了那可怕的火的梦，在平静的江上重见了四年前上海的火景。四年来我没有一个时候忘记过那样的一天，也没有一个时候不想到昂头回来的日子。难道胜利的日子逼近了么？或者是我的热情开始消退，需要烈火来

---

① 见亚·赫尔岑（А. И. Герцен，1812—1870）的《从彼岸来》第二篇《暴风雨后》。

帮助它燃烧？朋友睡梦里念出的“火”字对我是一个警告，还是一个预言？……

我惶恐地回头看舱内，朋友们都在酣睡中，没有人给我一个答复。我刚把头掉转，忽然瞥见一个亮影子从我的头上飞过，向着前面那座马鞍似的山头飞走了。这正是火中的凤凰！

我的眼光追随着我脑中的幻影。我想着，我想到我们的苦难中的土地和人民，我不觉含着眼泪笑了。在这一瞬间似乎全个江、全个天空，和那无数的山头都亮了起来。

1941年9月22日从阳朔回来，在桂林写成。

怀　念*

我读到报上香港陷落的消息，眼前仿佛突然落下一道帷幕，周围显得阴暗起来，又好像从外面吹进一股寒风，连屋内的空气也马上变冷了。

我呆呆地独坐在楼上房里。我的脑子起

---

* 本篇最初发表于一九四二年二月二十五日《现代文艺》第四卷第五期。

初迟钝得好像变成了一个铅块，半点多钟以后，我的思想忽然活动起来，而且活动得厉害。在这些时候我的眼前老是隐隐约约地现着你那和蔼的笑容。有一次你的盖着浓黑唇髭的嘴张开，用熟习的声音唤我的名字。但是我睁大眼睛，房内并没有一个人影，窗外安静地横着奇形怪状的石山。我才记起我已经有三个星期不曾得到你的消息了。

我的书桌上还摆着那封未发的信，你的姓名分明地写在信封上面，这里的朋友们常常谈起你，仿佛你随时都可以在我们中间出现，我们不相信你从此就失去踪迹。

三个礼拜原是很短的时期。不过在这些天里永远是大火、轰炸和激烈的战争；永远是饥饿、流血和种种可怕的传说。我们不敢想象你和一些朋友怎样在这种每一刻都接近死亡的环境里活下去。有人残酷地提出一个“死”字，又有人设想你们全进了敌人的掌握。但是我不能相信恶运已经践踏了你们，用一个悲惨的结局埋葬了你们的奋斗的一生。

在我这个楼房里打开窗户，便可以看见马路上、菜畦中摊开的冬日的阳光，宽阔的路上安闲地走着穿了各式各样衣服的男女。他们的笑声和话语常常轻快地飞进我的房里来。这周围的空气是很平静的，很愉快的。在这时候想到另一个地方的激烈的战争和残酷的屠杀，似乎是不可能。要是没有那几张凌乱地丢在屋角的报纸，我还会怀着平静的心情等候你的信，或者看见绿衣人推着脚踏车从马路走下屋前的空地，便匆匆跑下楼去，看有没有从你们那里来的信件。但是我现在不会做这样的事了。我知道等待是徒然的。你不会给我写信来，在你们所处的那种环境里你不会想到写信的事。你即使写了信，也不会有飞机把你的信载到我们这里。

在接连三个礼拜中我做了许多梦，有最好的，也有最坏的：你和一些朋友都平安地到了这里，或者你们都遭了不幸。像后者那样的噩梦更多，有一两夜它们甚至接连地追逼我。在那些梦中仿佛都有一只魔手扼住我的咽喉，或者一块大石压住我的胸膛，我不断地挣扎着，我终于完全醒过来了。但是我发觉自己躺在灰白色的寒夜里。包围着我的还是那静寂，可以摸到、嗅到、甚至可以看到的静寂。的确静寂带着一种难看的、绝望的惨白色，而且有一种搔痛人鼻子和喉咙的气味。它似乎没有开始，也没有终局。夜也是这样。我醒着，睁大眼睛望着夜，望着静寂。夜是那么深，静寂是那么浓，我的眼光又是那么微弱无力。于是我的眼皮又垂了下来。

继续来的梦仍然是噩梦。你们又遭遇到

不幸。我仍然在跟那些可怖的景象挣扎：残酷的轰炸，大屠杀，一个繁荣城市的毁灭。我自己等着接受和你们的相同的命运，或者我束手旁观你们流血。忍耐到了限度，我又挣扎地醒了，这一次我把一幅棉被掀到床下去了。我突然感到一阵冷。我坐起来，仍是灰白色的夜，仍是无边无尽的静寂。我下床去拾起被来。雨刷刷地落在窗外马路上，这好像是刚刚开始的。我打了一个冷噤，又睡进被里去。

过了一会儿我仍然睁着眼睛。除了夜和静寂，我什么也看不见。我疑惑地想：究竟先前的是梦，抑或现在的是梦？我想不透。我开始感到疲乏了。忽然我听见一个女人的声音，一个亲切的唤声：

“××，回来哪！”

接着是另一个女人的声音：“回来了。”

声音继续着，自远而近。同时我的房间里闪动着淡淡的灯光。我看见灯光和人影在窗纸上移动。我不知道走在马路上的是几个人，只听见“回来哪——回来了”的唤声。人们慢慢地走过去。听声音好像这全是女人。这深夜！雨没有停止，反而落得更急了。

但是那几个女人好像没有感觉似的慢慢地走着，叫着。在静夜里她们的叫声显得很凄惨。一声，两声……渐渐地低下去，去远了。

这是母亲为生病的孩子叫魂的声音。同路的大约也是病人的亲属。我不知道她们一共是几个，不过据我推想，多半是三个。我仿佛听见三个人的讲话声。这样一想，我立刻记起我在什么地方见过的一个景象了。不错，我在梭罗古勃的小说《古屋》[①]里看见了

---

① 《古屋》：陈炜谟译，上海商务印书馆出版。

的：三个女人在花园里月光下悲哀地唤着一个孩子的名字，她们等着那个永不会回来的孩子的归来。母亲哀痛地唤着："波利亚，波利亚啊！"祖母含泪回答着："波利亚不会来了，波利亚已经不在了。"姐姐向着月亮伸出手哭喊："波利亚已经被绞死了！"三个人并排站着，望着月亮哭泣。

这母亲的心，亲人的心，是可以历万劫而不灭的。我不能非笑这样的女人，我甚至不想非笑在我窗下冒急雨、犯寒气、为孩子叫魂的迷信的妇女。难道她们真会叫回孩子的失去的"魂"么？自然不会。但是母亲的心有时也会治愈孩子的疾病。

雨仍在落。不知道怎样我的睡意被这一阵雨扫去了。我在床上翻来覆去地想着。我又想到你，想到你们。你们现在究竟在什么地方？为什么不设法透出来一点消息？或者你们真的不存在了？或者真的陷了在敌人的手里？这不可能！我不相信那些谣言。我想呼唤你们，尤其是你。（我和你曾经共过患难，一同在广州的大轰炸下逃出了性命，一起从广州的敌人虎口中逃出来。那次的情形和这次的应该有十分之四五的相似处，但是这次我却安居在这里，对你甚至无法伸出一只救援的手。）然而你们怎样能够听见我的声音呢？我奇怪：难道友人的心就不能像母亲的心那样万古长青么？我无法回答这个问题。

一个静寂的寒夜过去了。接着来的是同样一个痛苦的夜。我又被噩梦惊醒，而且我又听见三个女人在马路上走过去，一路叫唤着。我不能再闭上眼睛，我又在想一些事情。从母亲的心我又想到友人的心。这次我因为自己的“束手无策”感到苦恼了。为了安慰我的心，我呼唤了你们几个友人的名字。没有回应。我这声音是不能够越过山越过海的。

于是我只得求助于幻想了：第二天太阳刚刚出来就听见你在窗下唤我，我便下楼去为你开门，让你坐下，喝一杯你喜欢的酽茶，然后听你畅谈脱险的经过。

幻想终于是幻想。我又坐在窗前写这篇怀念的文章了。不，我在这里应该写“坐在楼下饭桌前面”，因为拿起笔开始写这篇文章时我坐在楼上房里，时间是十二月二十几日，现在却是一月十七了。病使我中途搁下笔：我打过一次摆子，好些天不能多用思想，不能做事情，我又白白地浪费了三个礼拜的光阴。这中间，除了谣言外，我得不到一点关于你们的消息。怀念把寂寞堆在我的心上和我的两肩上，我无法排遣，只得再拿起笔每天写一些字，我已经涂坏五张稿纸了。

以上三段是昨晚写的。今天是一个温暖

的晴天，这里发过两次警报。现在是午后一点半钟，第二次警报还没有解除，我关起门在楼下饭厅里写字，我仍然在写这篇短文。你看，我的心又在呼唤你们了。你为什么至今还不给我通个消息？你，你们未必到现在还听不见这样一个友人的呼唤？

我想，你们应该听见的，至少有一天你们会听见的。那么我希望你们早日安全地归来，和我们一起呼吸自由的空气。

1942年1月18日在桂林写完。

长　夜*

我对着一盏植物油灯和一本摊开的书，在书桌前坐了若干时候。我说若干时候，因为我手边没有一样可以计算时间的东西。我只知道我坐下来时，夜色刚刚落到窗外马路上；我只知道我坐下来时，门前还有人力车

* 本篇最初发表于一九四二年一月十五日《文艺杂志》第一卷第一期。

的铃声，还有竹竿被人拖着在路上磨擦的声音，还有过路人的谈笑声。我坐着，我一直坐着，我的心给书本吸引了去。我跟着书本生活了那么长的时间。我的心仿佛落在一个波涛汹涌的海上受着颠簸。于是我抬起头，我发见我仍然坐在书桌前面，这许久我就没有移动一下。

火在灯罩里寂寞地燃着，光似乎黯淡了些。我把头动了动，忽然发觉一堆一堆的黑影从四面八方向着我压下来，围过来。但是灯火发出一圈亮光，把它们阻挡了。我看见黑暗在周围移动，它们好像在准备第二次的进攻。

四周没有声息。我不知道马路是在什么时候静下来的。我注意地倾听，我很想听见人声，哪怕是一声咳嗽、一句笑语。在平日甚至夜深也还有人讲话，或者笑着、哼着歌走过马路。我听了片刻，仍旧没有声息。我奇怪，难道这时候醒着的就只有我一个人？为什么我四周会是死一般的静寂？

我觉得好像有什么东西在我的心里搅动，又仿佛有一股一股的水像浪涛似地在往上翻腾。我用力镇定了我的心，我把头再埋到书本上去。一条一条的蚯蚓在我的眼前蠕动。我抓不到一个字义。为什么？难道是黑暗伤害了我的眼睛，或者是静寂损坏了我的脑子？

我把灯芯转亮，我再看看四周，黑暗似乎略为往后退了，它们全躲在屋角，做出难看的鬼脸，无可如何地望着灯光。

我又埋下头，而且睁大眼睛，把注意力完全放在书本上。这一次蚯蚓停住不动了，它们变成了一行一行的字。……

我进到了另一个时代里去经历另一些事情。

我觉得我自己站在一群叫嚣的人中间，高耸的断头机的轮廓贴在淡蓝色的天幕上，一个脸色惨白的年轻人带着悲痛立在台口，他用眼光激动地在人群中找寻什么东西，他的嘴颤抖地动了一下。一个少妇带着一声尖锐的哀叫向着台口扑过去，她仰起那张美丽的脸去承受从台上投下的眼光。泪珠沿着年轻人的脸颊滚下来。一只粗壮的膀子伸过来拉他，他再投下一瞥依恋的眼光，于是断念似地睡倒在木板上面。少妇伏在台阶上伤心地哭着。

悬在架上的大刀猛然落下。我的心一跳。应该听见那可怕的声音。鲜红的血溅起来。又一个头落在篮子里。那只粗壮的手拿着头发把这个头高高举起给台下的人看。惨白色面颜显得更惨白了。眼睛微微睁开，嘴半闭着。

我的心发痛。“为什么会有这样的事？”我似乎听见这一句痛苦的问话。

我吃惊地举起头，房里仍然只有我一个人。黄色的灯火孤寂地在玻璃灯罩里摆动，任是怎样摇晃，也发不出一点声音。背后墙壁上贴着我自己的影子，它也是不会发声。窗外、门外，夜悄悄地溜过去。没有人从门缝里送进一句不等回答的问话来。那么又是我的心在说话了。但是会有人来给我一个回答么？

我等待着。这次我听见声音了。皮鞋的声音，一个男人的脚步。脚声渐渐地近了。是一个朋友么？他在这深夜来找我谈什么事情？或者他真的来给我回答那个问题。

我激动地等待着叩门声。我几乎要站起来出去开门。但是声音寂然了。马路上静得好像刚才并没有人走过似的。我屏住气息倾听，没有风声，甚至没有狗叫。世界绝不能够是这么静。难道我是在做梦？我咳一声嗽，我听见我自己的声音，多么空虚，仿佛响在一个荒凉的空场上。未必我已经不活在这个世界上了？我摸摸自己的手、自己的脸颊，它们还是温暖的。我把手在桌上一击，响声立刻传到我的耳里。我可以相信自己还是一个活人。

灯光又开始暗起来。黑影也跟着在活动了。它们恢复了原先的阵地，而且进攻。灯用它的亮光抵抗，显得很吃力。我知道油快完了。我动动脚，想走去拿油瓶。但是一阵麻木抓住我的腿。这时我才注意到我的一双腿快冻僵了。我需要活动。我要表示我的存在。我还需要亮光。我跟麻木的感觉挣扎了一会，才缩回两只伸了好久的腿。我终于站起来了。

我打了一个冷噤。寒气似乎穿过衣服，贴到皮肤上来了。我的脚尖和腿弯微微发痛。手指也有一点麻木的感觉。夜一定深了。我应该上楼去睡。但是我不想在这个时候躺下来，我更不愿意闭上眼睛。我的脑子还是清醒的，我不愿让梦给它罩上一层糊涂。

我穿过包围着我的寒气和黑暗，走到厨房去拿了油瓶来给灯加了油。于是灯光又亮起来。这灯光给我驱散了黑暗和寒气。我听听四周，这是坟场上似的静寂，没有人在马路上走过。我失望地在书桌前面坐下，又坐在原来的地方。

我的头又埋在书上。慢慢地、慢慢地一幅图画在我的眼前出现了。仍旧是那个断头台。两个少妇坐在阶上，身子挨得很近。一个埋着头低声在哭，另一个更年轻的却用柔和的声音安慰她。

“露西·德木南,”我听见一个粗暴的声音叫起来。那个年轻的少妇慢慢地站起，安静地把脸朝着人群。怎么？还是先前那张美丽的脸，还是先前扑倒在台阶上哀哭的女人。现在她神色自若地走上断头台去。她对自己的生命似乎没有爱惜，上断头台就像去赴宴会。平静的，甚至带着安慰表情的面颜是那么年轻，那么纯洁。一对美丽的蓝眼望着天空。巴黎的天还没有她的眼睛这么美！我想起一个人的话：“为了使你美丽的眼睛不掉泪，我愿意尽一切力量。”[①]但是她也在木板上躺下了。

铛的一声，架上的大刀又落了下来。我不由自主地叫出一声“呀！”，仿佛一滴血溅

① 见阿·托尔斯泰（1883—1945）的剧本《丹东之死》（一九二三年）第四幕。

到了我的眼镜片上，模糊中我看见一个被金丝发盖着的人头滚进篮子里。

露西·德木南终于跟着她的丈夫死去了。那个篮子里一定还留着她的丈夫颈项上淌出来的血罢。

我想起了德热沙尔的诗：

有着温柔的爱情的女人
小孩儿，小鸟儿，
母亲的心，芦苇的身，
露西，一个优美的女人
…………
…………
啊，你可爱的小女人，
为了追随你所崇敬的爱人
你在断头台上做了自愿的牺牲，
献出了你年轻的生命。

啊，想起你不由我眼泪纵横！

…………[1]

诗人的语言在我的耳边反复响着。那个披着金发的美丽的头又在黑暗中出现了。眼睛紧闭，嘴唇像要发出哀诉似地微微张开，鲜红的血从雪白的颈项下不断地滴落。……

我把眼睛闭上。我的眼睛已经受到伤害了，我觉得眼珠像被针刺似地痛起来。我取下眼镜，伸手慢慢地揉眼皮。那个金发覆额的法国少妇的头还在我的眼前摇晃。我取开手，睁大眼睛。仍然只有一盏灯和一本书。一百五十年前的悲剧是无可挽回的了。为什么今天还会轮着我站到协和广场上，让我的

---

① 见E. 德热沙尔的诗集《大革命的诗》（一八七九年巴黎版）。

心受一番熬煎?

我抬起头凝神地望着那一圈跳荡似的金黄色的灯火。我想忘记一百五十年前的事，但是我的思想固执地偏偏粘在那件事情上面。砍去露西·德木南的头的断头机也砍去了罗伯斯庇尔的头。血不能填塞人的饥饿。为什么当时没有人伸出一只手把那只粗壮的膀子拉住？为什么从那些昂着头在台阶上观看的人中间不发出一声“够了”的叫喊?

迟了！断头机终于杀死了革命，让反动势力得到了胜利!

迟了，一百五十年已经很快地过去了。难道我还有什么办法来改写历史，把砍去的头接在早已腐烂的身上？对一百五十年前的悲剧我不能够做任何事情。我纵然怀着满腔的悲愤，也无从发泄。

但是悲愤也会燃烧，和眼前的灯火一样，

它在我的胸膛里燃起来。我的身体应该是个奇怪的东西，先前那里面有的是狂涛巨浪，现在却是一阵炙骨熬心的烈火。我绝望地挣扎着。

我又凝神倾听，我希望在静寂中听出一下脚声，我希望听出一两声表示这个世界还醒着的响动。我希望一个熟人起来叩门。我甚至想，只要有一个人，哪怕是不认识的人也好，只要他走进来，坐在我对面，我就把我的悲愤全倾吐给他。这时候我多么希望能够找到一个醒着的人。

我听了许久，坐了许久，希望了许久。

于是像回答我的希望似地在外面起了一种声音。什么东西在沙沙地响？难道谁在门外私语，等着我去开门？或者我又在做梦，不然就是我的听觉失了效用？

我坐着，听着。我只觉得一股一股的冷

气从脚下沿着腿升上来。我终于听出来了：雨声。声音越来越密，越响。后来连屋檐水滴下的声音也听得见了。雨声淹没了一切，甚至扫去了我的希望。

我还是坐着，我还是听着。我要坐到什么时候？听到什么时候？难道我必须等到天明？或者我还能够怀着满腹烈火进入梦中？

我不想闭上眼睛。即使我能进到梦中，我也不会得着安宁。火热的心在梦里也会受到熬煎的。那么我就应该在书桌前面坐到天明么？

夜更加冷了。这么长的夜。还不见一线白日的亮光。不晓得要到什么时候才是夜的尽头。枯坐地等待是没有用的，不会有人来叩门。我应该开门出去看看天空的颜色。我应该出去找寻晨光的征象。

我移动我的腿，又是一阵麻木，仿佛谁

把冰绑了在我的腿上似的。我挣扎了片刻，终于直立起来了。

灯火开始在褪色。黑暗从埋伏处出来向我围攻。但是我用坚定的脚步穿过黑暗走到外面，打开了大门。

一股冷风迎面扑上来。暗灰色的空中飘着蒙蒙的细雨。天空低低罩在我的头上，看不见一小片云彩。我的眼前只是一片暗雾。

“难道真的不会有天明么？”我绝望地问道。

但是从什么地方飘过来一声竹笛似的鸡叫。这意外的声音使我疑心自己的耳朵听错了。我屏住气向这广阔的空间听去。

欢呼似的鸡声又响起来。

我吐了一口气。我的寂寞的心得到安慰了；我的燃烧的心得到宁静了。

这是光明的呼声，它会把白昼给我们唤醒起来。

漫漫的长夜终于逼近它的尽头了。

1941年冬在桂林。

寻　梦*

我失去一个梦，半夜里我披衣起来四处找寻。

天昏昏，道路泥泞，我不知道应该走向什么地方。

前面是茫茫一片白雾，无边无际，我看

---

* 本篇最初发表于一九四二年五月一日《自由中国》新二卷第一、二期合刊。

不见路，也找不到脚迹。

后面也是茫茫一片白雾，雪似地埋葬了一切，我见不到一个人影。

没有路。那么，梦会逃到什么地方去？

我仍然往前面走。我小心下着脚步，我担心会失脚跌进沟里。

我走到一家小店门前。柜台上一盏油灯，后面坐着一个白发老人。我向他打个招呼，问他是否见到我遗失的东西。

“你找寻什么，年轻人？”

“我找寻一个梦。”

“梦？我这里多得很，”老人咧嘴笑起来；“我这里有的是梦，却不知道你要的是哪一种？”

“我失去的是一个能飞的梦。”

“我不知梦能飞不能飞，不过你看它们五颜六色，光彩夺目。你可以从里面挑选任何一个，并不要付多大的代价。”他给我打开了橱窗。

无数的梦商品似地摆在那里。的确是各种各类的梦：有的样子威严，有的颜色艳丽，有的笑得叫人心醉，有的形状凄惨使人同情。这里面却没有一个能飞的梦。

我失望地摇头，我找不到我失去的东西。

“随便挑一个拿去罢，难道里面就没有一个你中意的？”老人殷勤地问。

“没有。我只找寻我失去的那一个。别的我全不要！”

“但是茫茫天地间，你往哪里去找寻你那个梦？年轻人，我应该给你一个忠告，失去的梦是找不回来的。”

“我一定要找！从我身边失去的东西，我一定要找回来！”

“傻瓜，为什么这样固执？”老人哂笑

道，“多少人追寻过失去的梦，你可曾见到什么人把梦追了回来？听我的话，转回去好好地睡觉。”

我却继续往前走。

雾渐渐变为稀薄，我看见江水横在我的面前。

我踌躇起来，没有舟楫，我怎么能达到彼岸？

忽然一只小木船靠近岸边，一个十七八岁的少年撑着篙竿高呼“过渡”。

我立刻跳到船中，连声催促船夫火速前进。

“老先生，为什么这样着急？半夜里还有什么要紧事情？”

这个少年怎么称我做“老先生”？刚才在小店里，我还被唤做“年轻人”，难道在这么短的时间里我会增加了许多年纪？

我没有功夫同他争论，我只问他：

“喂，你有没有见到我那个失去的梦，那个能飞的梦？”

少年不在意地回答：“我在这里见到的梦太多了，不知道哪一个是你的？若说能飞，它们都是从这江上飞过去的，没有一个梦会半路落在江里。”

“我那个梦特别亮，比什么都亮。”

“除了星星，我没有见到更亮的东西。那么你的梦并没有飞过这里，因为我见到的全是无光的影子。”

“你能不能告诉我它飞往什么地方？”

“我不能。不过我知道它一定不在对岸，我劝你不要过去。”

“我一定要过去。请你把我快送过去，我愿出任何的代价。”

少年把我送到了对岸。

没有雾。天落着小雨。我走的全是滑脚的泥路。我好几次跌倒在途中，又默默地爬起来，揉着伤，然后更小心地前进。

一座高山立在我面前。没有土，没有树，这是一座不可攀登的石山。

“难道我应该空手转身回去？”我迟疑起来。

“不能，不能！”我听见了自己的心声。

“年轻人不能走回头路，”我的心这样说。

我鼓起勇气攀登岩石，一个继续一个，直到我两手出血，两脚肿痛，两腿发软，我还在往上爬行。

我几次失掉勇气，又恢复决心；几次停止，又继续上升；几次几乎跌落，又连忙抓紧岩石的边沿。最后我像一个病人，一个乞丐，拖着疲倦的身子和破烂的衣服立在山顶。我仍然看不到我那个失去的梦。

上面是一望无垠的青天，下面是一片云海、雾海。在这么大的空间里只有一只苍鹰在我的头顶上盘旋。

我的眼光跟着鹰翼在空中打转。我羡慕它能够那么自由自在地在无边的天海里上下飞翔。它一会儿飞得高高的，变成了一个黑点，一会儿又突然凌空下降，飞得那么低，两只翅膀正掠过我的头。我看见它那只锋利的尖嘴张开，发出一声嘲笑似的长啸。

它一定在笑我立在山顶束手无策，也许就是它攫去了我的梦。所以它第二次掠过我的头上，我愤然伸出手去捉它的脚爪。我捉住了鹰，但是一个筋斗把我从山顶跌下去了……

我睁开眼，我还是在自己的家里。原来我又失去了一个梦。

1941年11月在桂林。

灯*

我半夜从噩梦中惊醒，感觉到窒闷，便起来到廊上去呼吸寒夜的空气。

夜是漆黑的一片，在我的脚下仿佛横着沉睡的大海，但是渐渐地像浪花似地浮起来灰白色的马路。然后夜的黑色逐渐减淡。哪

---

* 本篇最初发表于一九四二年三月十五日《文艺杂志》第一卷第三期。

里是山，哪里是房屋，哪里是菜园，我终于分辨出来了。

在右边，傍山建筑的几处平房里射出来几点灯光，它们给我扫淡了黑暗的颜色。

我望着这些灯，灯光带着昏黄色，似乎还在寒气的袭击中微微颤抖。有一两次我以为灯会灭了。但是一转眼昏黄色的光又在前面亮起来。这些深夜还燃着的灯，它们（似乎只有它们）默默地在散布一点点的光和热，不仅给我，而且还给那些寒夜里不能睡眠的人，和那些这时候还在黑暗中摸索的行路人。是的，那边不是起了一阵急促的脚步声吗？谁从城里走回乡下来了？过了一会儿，一个黑影在我眼前晃一下。影子走得极快，好像在跑，又像在溜，我了解这个人急忙赶回家去的心情。那么，我想，在这个人的眼里、心上，前面那些灯光会显得是更明亮、更温暖罢。

我自己也有过这样的经验。只有一点微弱的灯光，就是那一点仿佛随时都会被黑暗扑灭的灯光也可以鼓舞我多走一段长长的路。大片的飞雪飘打在我的脸上，我的皮鞋不时陷在泥泞的土路中，风几次要把我摔倒在污泥里。我似乎走进了一个迷阵，永远找不到出口，看不见路的尽头。但是我始终挺起身子向前迈步，因为我看见了一点豆大的灯光。灯光，不管是哪个人家的灯光，都可以给行人——甚至像我这样的一个异乡人——指路。

这已经是许多年前的事了。我的生活中有过了好些大的变化。现在我站在廊上望山脚的灯光，那灯光跟好些年前的灯光不是同样的么？我看不出一点分别！为什么？我现在不是安安静静地站在自己楼房前面的廊上么？我并没有在雨中摸夜路。但是看见灯光，我却忽然感到安慰，得到鼓舞。难道是我的心在黑夜里徘徊，它被噩梦引入了迷阵，到这时才找到归路？

我对自己的这个疑问不能够给一个确定的回答。但是我知道我的心渐渐地安定了，呼吸也畅快了许多。我应该感谢这些我不知道姓名的人家的灯光。

他们点灯不是为我，在他们的梦寐中也不会出现我的影子。但是我的心仍然得到了益处。我爱这样的灯光。几盏灯甚或一盏灯的微光固然不能照彻黑暗，可是它也会给寒夜里一些不眠的人带来一点勇气，一点温暖。

孤寂的海上的灯塔挽救了许多船只的沉没，任何航行的船只都可以得到那灯光的指引。哈里希岛上的姐姐为着弟弟点在窗前的长夜孤灯，虽然不曾唤回那个航海远去的弟弟，可是不少捕鱼归来的邻人都得到了它的帮助。

再回溯到远古的年代去。古希腊女教士希洛点燃的火炬照亮了每夜泅过海峡来的利安得尔的眼睛。有一个夜晚暴风雨把火炬弄灭了，让那个勇敢的情人溺死在海里。但是熊熊的火光至今还隐约地亮在我们的眼前，似乎那火炬并没有跟着殉情的古美人永沉海底。

这些光都不是为我燃着的，可是连我也分到了它们的一点点恩泽——一点光，一点热。光驱散了我心灵里的黑暗，热促成我心灵的发育。一个朋友说："我们不是单靠吃米活着，"我自然也是如此。我的心常常在黑暗的海上飘浮，要不是得着灯光的指引，它有一天也会永沉海底。

我想起了另一位友人的故事：他怀着满心难治的伤痛和必死之心，投到江南的一条河里。到了水中，他听见一声叫喊（"救人啊！"），看见一点灯光，模糊中他还听见一阵喧闹，以后便失去知觉。醒过来时他发觉自己躺在一个陌生人的家中，桌上一盏油灯，眼前几张诚恳、亲切的脸。“这人间毕竟还有温暖，”他感激地想着，从此他改变了生活态度。“绝望”没有了，“悲观”消失了，他成了一个热爱生命的积极的人。这已经是二三十年前的事了。我最近还见到这位朋友。那一点灯光居然鼓舞一个出门求死的人多活了这许多年，而且使他到现在还活得健壮。我没有跟他重谈灯光的话。但是我想，那一点微光一定还在他的心灵中摇晃。

在这人间，灯光是不会灭的——我想着，想着，不觉对着山那边微笑了。

1942年2月在桂林。

给山川均先生*

夜很静。似乎一切都落进了黑暗里面。重炮声突然隆隆地响起来了，接着是一阵机关枪的密放。我的房间起了轻微的震动，这时候我正读着你的《华北事变的感想》。我读你的文章，我并不是把你看作一位中国的

* 本篇最初连续发表于一九三七年九月二十六日、十月三日《烽火》第四、五期。

友人，不过我知道你过去是一个社会主义者，我期望你的笔下多少带给我们一点正义。但是你却毫无掩饰地把你的另一种面目露了出来。我才知道真正到了你所谓的“剥皮”的时期，一个“文化人”也可以一下子变为浪人棍徒。对于这个，我感到憎厌。

你愤愤地提出了“支那军之鬼畜性”这个问题，你骂中国人是“鬼畜以上的东西”。在你是极尽毒骂的能事了。连贵国那般惯于谩骂、造谣的新闻记者也仅仅用了“鬼畜”两个字。

先生，我不想向你辩明我们是不是“鬼畜”，或者它以上、以下的东西。我们同是人类一分子，身体的构造也没有两样。我们同有理性，同受教育，同样需要自由，需要生存。无论用“人”或“畜”的名称称呼，我们在本质上确实没有差别。所以我现在把你看作一个和我同样的“人”，而诉于你的理性。

所谓“通州事件”使你感到愤怒，使你发出诅咒似的恶骂，我并不想把它掩饰或者抹煞，像贵国的论客掩饰你们“皇军”的暴行那样。我们愿意了解那里的情形。然而一切消息都被你们的“皇军”封锁了，我们只能从贵国报刊的记载上知道冀东保安队反正的时候，有两三百通州日侨被害的消息。

通州事件自然是一个不幸的事变，但它却决非“偶然的”，它有它的远因和近因。这个连在通州遭难的铃木医师也早预料到了。他生前给他父亲的信里就说到当地保安队的态度只是表面的亲日。“真正的中日亲善还是很远、很远的事情。”贵国的“皇军”种了因，贵国的官民食其果，这是无足怪的。对于熟悉历史的人，这类事变的发生是很容易解释的，我们已经见到不少的先例了。

我不是一个偏狭的爱国主义者，我并不想煽起民族间的仇恨，我也不想盲目地替我们军人的任何行动辩解。在你们那里有不少的论客整天梦想着大和民族的黄金时代，夸大地做着“皇军”堂皇地征服世界的迷梦。而我们这里的四万万五千万人却只有同样一个谦逊的目标：我们要争取我们的自由，维持我们的生存。这个最低限度的要求，是每一个中国人所应有的。为了这个我们可以毫不顾惜地牺牲我们的一切。

通州事件的发生从这里也可以得到一个解释。在“皇军”的威压与贵国官民的欺凌下过了将近两年屈辱日子的保安队举起了反抗的旗帜。忍耐到了最高限度，悲愤的火终于燃烧，少数武器并不精良的军人不顾环境的恶劣，站起来用血和肉争取自己的自由与生存。在混战中，每个人的生命的毁灭都是一瞬间的事。仔细的考虑没有了，复仇的念头会占据他们的心。血会蒙蔽他们的眼睛。当被压迫的人民起来反抗征服者的时候，少数无辜者连带地遇害，也是不可避免的事，何况这回的死者还是平日惯于在那个地方作威作福的人，而且大半是卖白面，打吗啡，作特务工作的。根据一个外国通讯社的电报，我们还知道在通州事件发生的前一天，有四百名保安队兵士因有不稳的嫌疑被贵国的“皇军”枪杀，那么报复的行为也并不是不可以解释的了。……

在这里实在没有提出“残虐性”的必要。你一个社会主义者居然也跟在贵国新闻记者的后面，“用咒骂，陷害，中伤的言词去打动人们的偏狭的爱国心”！你是有意地落在贵国军阀的圈套中了。我们并不能拿残虐性来区分种族。自视极高的西方人素来喜欢宣传东方民族的残虐性。他们表示最高度的残酷时，使用的形容词常常是“东方式”。然而事实上罗马屠杀基督教徒之凶残，中世纪异教审讯所之暴虐，在东方也难找到同样的实例。革命者的被残杀、平民群众的被蹂躏和街市的流血，在每一个西方国家中都保存着惨痛的记载，而且绝不少于我们在东方所能找到的。人性是相同的。我们没有根据断定东方人更残酷，也就没有理由承认中国人比你们更暴虐。你难道忘记了曾经做过你的友人的大杉荣君？在震灾的混乱中偷偷把他们夫妇拘捕绞杀的不就是贵国“皇军”的大尉？连他的一个六岁的外甥也不能保全生命。作为凶手的甘粕正彦却被人视作英雄志士而获得特赦了。在大震灾中被虐杀的贵国社会主义者和中国工人以及朝鲜人不知有多少！这事件中的鬼畜性和残虐性为何不曾激动你的良心？我不知道是你健忘，还是你故意为“皇军”掩饰！

残虐性并非某一民族所单独具有。助长它的是愚昧无知。只有文明教化才可以使它减少以至于消灭。和平帮助了文明教化的发展和普及。战争则摧残了它。用虚伪的言辞，欺骗的手段挑拨民族间的仇恨，使不曾相识、不曾接触的人变为仇敌，甚至把他们骗上战场互相残杀——这种行为充分地发挥了残虐性。一艘一艘的军舰载了贵国年轻的兵士来到中国，一艘一艘的商船又载了残毁的身体和骨灰回去。贵国军阀政客主持于上，财阀从中援助，而新闻记者、文人论客复宣扬、歌颂于下。战争是制造成功了。你们的另一论客室伏高信先生虽然大言不惭地说：“这是东亚两大民族的宿命，”他甚至要这两大民族中的每一个人“都躲在障碍物里或从轰炸机上跳下来，相互杀戮”。先生，这难道不是残虐性的表现么？

先生，你看见别人眼中的刺而忘记自己眼中的梁木了。贵国空军在上海一带所建的伟绩，你不会不知道。南站、北新泾、松江等地的轰炸，遭害者达千余人，都是手无寸铁的难民，其中大半是妇人和小孩，他们平日并未担任抗日的工作，这时也不曾直接或者间接参加战争。他们正准备离开上海，而且有的已经在路途上了。他们对于“皇军”的行动是没有一点妨碍的。然而贵国的空军将士却偏偏选择了这种机会以显示“皇军”的威力，派遣大队飞机去屠杀非武装的人民。轰炸不足，又继之以机关枪的扫射，一定要看见无辜者的鲜血把土地与河面染红、尸体狼藉地阻塞着道路，才从容地飞去。

九月八日，贵国空军轰炸松江车站的“壮举”，在贵国历史上是值得大书特书的罢。以八架飞机对付十辆运送难民的列车，经过五十分钟的围攻，投下十七枚重磅炸弹。据一个目击者说，当飞机在列车上空盘旋的时候，拥挤在车中的难民还想不到会有惨剧发生。然而两枚炸弹落下了，炸毁了后面四辆车。血肉和哭号往四处飞迸。未受伤的人从完好的车厢里奔出来。接着头等车上又着了一颗炸弹。活着的人再没有一个留在车上了。站台四周全是仓皇奔跑的人。飞机不舍地追赶着，全飞得很低，用机关枪去扫射他们。人的脚敌不过飞机的双翼。一排一排的人倒下了。最后一群人狼狈地向田里奔逃。机关枪也就跟着朝那边密放。还有一部分人躲进了一个又大又深的泥坑，正在庆幸自己侥幸地保全了性命。然而贵国的空军将士又对准那个地方接连地掷下三个炸弹，全落在坑里爆炸，一下子就把那许多人全埋在土中。

对于这样冷静的谋杀，你有什么话说呢？你不能在这里看见更大的鬼畜性和残虐性么？自然，你没有看见一个断臂的人把自己的一只鲜血淋漓的胳膊挟着走路；你没有看见一个炸毁了脸孔的人拊着心疯狂地在街上奔跑；你没有看见一个无知的孩子守着他的父母的尸体哭号；你没有看见许多只人手凌乱地横在完好的路上；你没有看见烧焦了的母亲的手腕还紧紧抱着她的爱儿。哪一个人不曾受过母亲的哺养？哪一个母亲不爱护她的儿女？中国的无数母亲甘冒万死带她们的年幼的儿女离开战区，这完全是和平的企图，这是值得每一个母亲和每一个有母亲的人同情的。难道日本的母亲就只有铁石的心肠？难道日本的母亲就不许别人的母亲维护她们的儿女？通州事件的残虐性怎及这十分之一？自己躲在上空挟最新式的武器攻击下面没有防卫能力的人民，杀死逃避战祸的母亲，流年轻儿女的血。这不仅是冷静的屠杀，便称之为卑劣的胆小的谋害，和变态性的虐他狂的表现也不为过。一个民族以此种行为骄傲于全世界人士之前，这是很可悲的事。两年前我的一个友人在贵国牛込区警察署里控诉贵国当局的措施不似文明人行为，而备受贵国“刑事”[1]的殴打。现在贵国空军却将“野蛮”二字作为光荣的标记广向世界宣传了。

夜已深。周围仍然清静。炮声断续地响着。机关枪声却听不见了。我知道这时候就在上海的附近，两个民族中的精英正在前线

① 刑事：日本的便衣警察。

肉搏，许多锋利的枪刺戳进年轻士兵的身体，无数有为的生命跟着炮弹毁灭。是什么一种力量使得这两个民族必须互相杀戮呢？难道一个民族的独立真会妨碍另一民族的生存？你们的论客室伏高信说这是宿命。但作为社会主义者的你能够相信这样的一种宿命么？

战争是残酷的，破坏的。人类并没有被迫着参加战争的宿命。然而战争却不断地发生，文明的民族有一天会像野兽那样地互相吞食。但这绝不是宿命，造成这“勋业”的乃是不合理的政治的、经济的和社会的制度。而一些嗜杀的野心的军阀、政客却利用这制度以满足他们的私欲。在战争中得利的大有其人。一代的人种了因，一代的人食其果。人们制造战争，又会为战争所毁。武力主义和侵略主义可以煊赫一时，但不久即与露水同消。室伏氏说“国民是遵守法则的”。然而国民的法则绝不能与人类繁荣的法则违背，违背这法则的国民纵然目前生活得异常富裕，也必归于灭亡。战争是违背了人类繁荣的法则的。所以鼓动战争、想用武力获得一切的国民绝不能达到他们的目的。许多国民繁荣过，但又消灭了。连强盛的罗马帝国也有崩溃的一天。这才是宿命！想到这里我不禁为贵国的命运担心了。

先生，这并不是我的过虑。你们把贵国的命运交付给军阀、政客去作孤注一掷，换取他们个人的禄位。军阀、政客之流知识寙陋，目光浅短，他们怎能知道民族盛衰的因果，人类繁荣的法则，社会进化的途径！然而你们是应该知道的。如今你们却让他们把大和民族驱向灭亡的路上走了。你们跟着他们躺在悬崖上做征服世界的迷梦。有一天你们也会跟着他们堕入黑暗的深渊，把后世子孙置于万劫不复之境。那时你们纵然醒悟也来不及了。

然而人类是要永久存在下去的。世界上并无以武力维持万年霸业的民族，也无任人宰割苟安永世的国民。人类繁荣的法则是不能违反的。人类是第一义，其次才是民族。任何民族不能背弃人类而梦想单独的“发展飞跃”。这是做不到的事。室伏氏曾夸耀地预言大和民族进入了黄金时代，毫不量力地把铸造新世界的责任担在他们自己的肩上；据说凡阻碍他们的道路的，皆将灭亡。可惜他忘记了日本人也是人类的一分子；他们也不能阻碍人类发展的道路。在欧洲大战初期大露头角、煊赫不可一世的荷痕若南王朝和罗曼诺夫王朝，未尝不想凭借武力为子孙树立万世不灭的基业，正如今日的大和民族一样。然而曾几何时，我们就只能在历史上找寻这两个名词了。战争促成了德、俄两大帝国的崩溃；从前为了维持这两大帝国的光荣不知道流过多少万壮士的赤血。纵然若干变节的社会主义者用花言巧语把青年们骗上战场去牺牲，也挽救不了叶卡特林堡[1]的悲剧。好战者的狭小的两肩上是担不起铸造新世界的责任的。

现在轮到你们这些人用花言巧语来欺骗青年了。你们把一群一群的青年兵士送到中国南北两地的战场，用了欺瞒、陷害的言词打动他们的偏狭的爱国心，鼓舞他们去杀人，去送死。你们跟在军阀、政客的后面，一手造成了远东的大屠杀。这责任你们不能轻易卸掉。倘使我控诉你们为刽子手，将你们置于被告席中受全世界良心的裁判，你们是无

---

① 叶卡特林堡：沙皇尼古拉二世在这里被枪决。

所逃罪的。

我常常翻阅贵国的报纸，我接触过一二贵国的人士，我也受过贵国“刑事”的“取调”[1]和拘留所中的款待。两年前在横滨友人的书斋里我和一个贵国商人有过短时间的谈话。他问我四川人是不是坏人，因为他知道“在北方的中国人都是坏蛋”。他又问中国人为什么要抗日，要欺负日本侨民；为什么不因为“皇军”赶出满洲的马贼而表示感谢。我佩服那个商人的坦白，我更怜悯他的无知，但同时我不由得要诅咒贵国新闻记者的恶毒的用心了。这就是他们的努力所取得的成绩。

像贵国报纸那样的东西，在全世界中恐怕找不出第二个。真实的消息，正确的报导，似乎和贵国报纸没有一点关系。造谣，中伤，

---

① 取调：侦查和审问。

像是贵国新闻记者的惯技。夸耀自己民族的伟大，暴露其他民族的缺点，用捏造的事实和带煽动性的言辞挑拨民族间的恶感，然后利用其完善的设备和雄厚的资本以鼓动侵略的战争，为野心的军阀、政客张目——这仿佛就是贵国报纸的唯一任务。现在他们的使命已经完成了。可怜的是一般受人欺骗徒供牺牲的贵国国民。

我们素来憎恶战争。但我们绝非甘心任人宰割的民族。当我们的自由与生存受到威胁的时候，我们是知道怎样起来防卫的。这是做人的最低限度的权利，倘使连这也放弃，则人就近于鬼畜了。我们是被迫而拿起武器的。我们是站在自己的土地上防卫自己的利益的。我们是顺着人类繁荣的法则，而给阻碍人类发展的力量以打击的。而你们遣派重兵远涉重洋来毁坏文明的都市、和平的乡村，你们是为了什么而作战的呢？难道真如室伏氏所说，你们是命定了必须杀害我们的么？或者如贵国新闻记者所说，是因为我们无理地发动抗日运动，你们来“断然膺惩”么？这样的论断，别的受过文明教化的国民一定不会承认。但是如今连你也说：“通州事件可以说是中国政府一心一意普及抗日教育、培植抗日意识、煽动抗日感情的结果。”在这里，你和贵国的军阀、政客以至新闻记者、浪人、棍徒一样，将因果倒置而混淆黑白了。产生通州事件的直接原因乃是贵国军阀的暴行，而抗日运动也是贵国政府历年来对中国土地的侵略行为所促成。是你们的“皇军”亲手普及了抗日教育，培植了抗日意识，煽动了抗日感情。是你们用飞机，用大炮，用火，用刀，教育了中国人民，使他们明白“抗日”是求生存的第一个步骤，并非中国人生来就具有抗日的感情的。要达到“共存共荣”之境，唯有凭借“真正亲善”的桥梁。侵略和“膺惩”只能激起憎恶，而必然遭到坚强的抵抗。你深居岛上也许不知道“皇军”和浪人历年来在中国土地上的种种暴行。但是从各种事变的记载里，你应当明白近二十年来中日两大民族间那笔愈积愈多的血债。中国人民是流了够多的血以后才来发动抗日运动的。这是自发的民众运动，没有力量可以阻止它，也没有力量可以抗拒它。现在是偿还血债的时候了。

窗外月明如昼，飞机声隐约地送进了我的耳里，连珠似的高射炮弹在天空电光般地闪烁。那震耳的声音！这时战斗正酣罢。我想起贵国飞行员某氏阵亡后身畔遗留的敏子姑娘的深情的信函了。在海的那边，在凄凉的家里，有着这样的一个少女时时刻刻祈祷着她的出征的情人的安全。为什么而战呢？敏子姑娘是不明白的。而且恐怕大部分贵国的国民也不会明白罢。然而她毕竟贡献了最大的牺牲了，许多别的人也贡献了最大的牺牲了。

大量的血又在几公里以外畅快地流着。这两大民族间的残杀要继续到什么时候为止呢？这很难说。你们期待着我们的“屈膝”和“反省”。但是被迫着发动决死的抗战的我们，已经没有这样的余裕了，该“反省”的应该是你们。你们好像在玩火，如今已烧到眉尖，再一迟疑，就会酿成抱憾终身的巨祸。贵国的政客、军阀之流梦想着中国“屈膝”。中国人民是不会屈膝的。没有一种宿命能使中国灭亡。而日本帝国的崩溃倒是指顾间的事。你，一个社会主义者，对于一个即将崩溃的帝国的最后的光荣，你还能够做什么呢？你等着举起反叛之旗的人民来揭发你背叛的阴谋吗？山川先生，我期待着你和你的同胞们的“反省”！

1937年9月19日在上海写完。

给一个敬爱的友人*

南国的气候相当炎热。在你们那里樱花谢了还没有多久，正是明媚的暮春天气罢。我还记得三年前的情景。千岁村[1]的和平朴素

---

* 本篇最初连续发表于一九三八年六月一日、七月一日、八月二十一日《烽火》第十六、十七、十八期。

① 千岁村：在日本东京郊外，社会学者石川三四郎当时住在这里。

的田园，你[1]自己亲手种的蔬菜，简陋的房屋，倾斜的篱笆和曲折的小路，我一个陌生人万想不到这就是你工作的地方。我来迟了，没有机会听到你那燃烧着理想之火的演说，或者父亲的慈祥教诲一般的谈话。……我站在千岁村农家茅屋门前的时候，法西斯的魔影已经像黑云一般地把天空玷污了。甚至在这田园中我们也呼吸不到自由的空气。你带着愤慨地告诉我你所遭受到的一切迫害。以前欢迎过你的文章的各杂志现在也不敢再发表你的片纸只字了。连你所翻译的一部叙述人类起源和社会演进的名著[2]，也不能够续出第二册。你从前曾在好几万工人的面前作过热烈的讲

---

① 你：指石川三四郎。

② 名著：指法国地理学家邵可侣（1830—1905）的《地人论》。

演。但是如今连那个以团结的力量震惊了全日本的、代表数十万工人的工会也被打击到只能够秘密存在了。在去千岁村的途中百合子姑娘告诉我许多事情。她有一句愤慨的话至今还深印在我的脑际。“我现在只能够跳舞了，”她说，因为我在报上见过一段记事，说她发明了一种跳舞，我惊奇地问她，她苦笑地这样回答我。七八年前有人向我说起她向群众演说的事。然而这时她却只能够把理想和愤慨寄托在跳舞上面了。我知道这不过是一个开始。以后还有更厉害的打击。人民在一个决定的时期对统治者表示了软弱，放过了机会，用忍耐来对付压制，用沉默来忍受不义，他们忽视了自己的力量，不能在最好的时候使用它，结果他们自然地遭遇了毁灭的惨祸，甚至不能够给敌人一个坚强的抵抗。法西斯蒂就是这样地成功的。一九二四年玛蒂阿地[①]被刺杀的时候，法西斯蒂在意大利遭逢了一个绝大的危机，莫索里尼也在舆论的斥责下战抖起来，意大利人民本来可以在几天内就去掉这个黑衫的暴君和他的党徒。但是他们却不相信自己的力量，让法西斯蒂的领袖渐渐地从隐匿的地方跑出来，继续从事他们的阴谋的工作，让余火慢慢地在灰烬里重燃，终于造成了“燎原之势”，使肥沃的土壤变成焦土，不给意大利留下一片青草。大部分人民在窒闷的空气里憔悴呻吟，他们中间的菁英在屠杀和酷刑下摧残殆尽，残留的也只能够亡命到别的国家。

---

① 雅·玛蒂阿地（1885—1924）：意大利统一社会党的书记，一九二四年六月十日被法西斯蒂暗杀。

历史的悲剧不断地重演。意大利的例子又被别的国家先后摹仿。德国之后又临到日本了。这个打击落到日本人民的头上。压制之上又加了压制。法西斯蒂的野心是没有止境的。剥削和侵略是法西斯蒂统治的两个武器。它帮助资本家剥削了工人以后，又来帮助他们攫取殖民地开辟国外市场了。东京和大坂的牢狱中不知道消磨了多少日本劳动运动的优秀分子的生命。回想八九年前五一节东京市街大游行的盛况，真令人起隔世之感。

先生，这是什么缘故呢？是日本法西斯蒂增长了势力，还是工人阶级自己坐失了良机？我想你的回答应该是后一个。“一·二八”淞沪抗战的时候，我读过你的一些短文。你的意见正和我们的相差不远。在任何时候你都不让狭义的爱国主义迷了你的眼睛。正如每一个社会主义者所应当做的，你始终站在反强权反侵略的一边，你叫出了“不要打中国的兄弟”的呼声，这呼声得到了大坂等地劳动者的响应。但是呼声太微弱了。响应的人也只是一部分，并不能成为一种力量阻止侵略的战争。这不是日本无产阶级第一次放弃责任，和这类似的事情已经有过好几次了。让敌人把武器从他们的手中夺去，等到一觉醒来，他们已经成为徒手，纵然大敌当前也只好束手待毙了。日本的劳动阶级就是这样地蹈了意德两国弟兄的覆辙。

三年前和你在千岁村最后一次见面时，我就感到这一个不幸的预兆，那时我因为要赶到横滨搭船回国，没有和你多谈这种事情。你曾殷勤地挽留我，要我在那个可爱的田园里待一些时候，你还坚持地要出去为我退船票。这个好意我是应该接受的。我不知道当时我为什么是那样无理地固执，一定不肯听从你的话，还把你从千岁村拉到百合子姑娘的家。在那辆宽敞的汽车里我们谈论了好些事情，却始终没有谈到这上面。后来在百合子姑娘家里受了款待以后，我跨出“玄关”，雇了汽车。当车子转弯的时候，百合子姑娘和另外一位更年轻的女士还立在门口带笑地对我行礼。这温暖的友情使我在车里感动地不住挥手。车子走入了另一条街，我忽然感到一种隐微的心痛。我离开了我所敬爱的友人，我的离愁是很大的。在这时候，在汽车快到中华留日青年会的时候，我才觉得我自己先前的坚持是何等错误的了。我是应该留下来和你在一起过一些日子，告诉你我所感到那个不好的预兆，要你们注意到那一件事情。但是我什么也不曾说出来就回到了上海。在虹口公寓的寂寞的长条的小房间里，当回忆来折磨我的时候，热情来揉我的心，悔恨盘据了我的思想，那个囚笼似的房间似乎容不下我，我的心要破壁飞去。但是环境阻碍了我。我不能够说我所想说的话。每晚我把自己关在房间里无休息地在那狭小的地板上闲踱。走得疲倦了时，我又坐下来，借着高悬的电灯的微光咬着牙关一字一字地翻译柏克曼的《狱中记》，用他的十四年的痛苦，来折磨我的并不强健的心灵。我这样地惩罚我自己，磨炼着我自己。于是我不能忍耐了。我给你和称你为父的百合子姑娘写了信。终于把我的忧虑和愤慨叙述出来了。

百合子姑娘的回信来了。在那封委婉而流畅的法文信里，我又一次见到了另一个国度中争自由的人的苦闷。她告诉我你在生病，她也不能做任何事情。便衣侦探随时监视着你们，连一点点微小的努力也会遭受统治者的阻挠。呼声被窒息了，花园似的岛国变成了狭的囚笼。在那里连一棵刚出土的自由的嫩芽也会被暴风雨摧残。许多活跃的友人不是在黑暗的牢狱里忍受酷刑，便是在狭小的监房里浪费生命。

百合子姑娘的信函里充满了忧郁的调子。但是理想并不能够被现实征服。希望的火花永远在黑暗的天空闪耀。甚至在压迫最厉害的时候，也有人站出来勇敢地叫着："我反抗！"公开的活动改变为地下的工作，组织变得更坚实了。一些人沉默地努力为将来准备一切。她的信函曾这样地暗示过。邮件检查制度使她不能够详细叙说。但是后来一个法国友人告诉了我们这一切。……

然而这一切如今也被一阵的反动的飓风席卷而去了。两次的大检举，大拘捕，差不多摧毁了整个的运动，大部分组织这地下活动的分子都进了监牢。我只在报纸上见到一些陌生的名字。

先生，这自然不是使人愉快的消息。当我知道这个的时候，我的心是很沉重的。我的心境不会和你得到宫岛出家、生田投海[①]的消息时的心境两样。但是甚至这样的打击也不能毁灭我们的信念。多一次的失败更可以增强我们的工作的决心，犹如多一番磨洗更可以发见一件金属品的光辉灿烂。妃格念尔在民意社执行委员会解散，大部分同志在绞刑台上和单人囚室中殉道以后，还想将破碎的金线结在一起，用来在废墟上建造新的九层宝塔。沙皇亚历山大三世把她当作可怕的妇人，一些青年男女把她视作指路的明灯，并不是没有理由的。

---

① 指日本小说家宫岛资夫（1886—1951）出家和诗人生田春月投海自杀的事。

写到这里我就不能制止我的疑惑。我翻译了你追忆春月的文章，但是我不能同意你的见解。同流合污，变节屈辱，固然是社会主义者所深恶痛恨的。然而“出家”和“自杀”也并不是可奖励的行为，这是逃避的方法。在庸俗和邪恶之前，一个革命者不应该沉默。去掉庸俗和邪恶倒是他们的任务。不愿与庸俗邪恶同生此世而选取了自己毁灭之路，这毅力虽然可佩，但是这决心却值得非难了。被迫而离开战场，并不是一个战士的行为。真正的战士倘使不能凯旋而归，就应该战死在阵地上。宫岛、生田两先辈的崇高的人格固非像我这样的人所能望其项背。我也没有机会读到《从妻房到僧房》（宫岛著书）那样的自白。《魂之家》（春月的诗）只是一个诗人的憧憬。对于他们二人的最后的决心，我实在不能够彻底了解。作为社会主义的战士，他们应该战斗到流出最后一滴血为止。然而《金》的小说家和《魂之家》的诗人，却放弃了责任而中途倒下了。这是很可痛惜的事。但是你在那两篇追忆文章里却不能将这一点指出来。初读到它们时我有一种感觉：你老了。但是真实的你却并不是这样。我相信你是不会老的。

敬爱的先生，我现在将这些旧事在这里重提，并非故意指摘你的错误，我也不想拿过去的失败刺激你的感情，我不过提醒你不要忘记历史的教训。我记得十年前读过你一篇关于历史的论文。你说到历史的流转。历史决不是循环的，重复的。历史是前进的。过去的悲剧固然常常重演，但推动历史的力量却永远是趋向光明的力量。人类社会的演进并没有一刻的停止，纵然它有时走着曲线的道路，使人看不见前进的辙迹。历史的法则是应该遵守的。违背这法则的人只有自趋灭亡，却不能够改变历史的道路。法西斯蒂的魔手用它那野蛮的力量固然可以摧残一部分文明的成就，但是它并不能挽救一个垂死的社会于黑暗的深渊。人民在一个决定的时期的懦弱，虽然常常招来惨祸，甚至延长了残暴的统治，可是这惨祸也不能将人民对于自由的渴望和争自由的力量完全粉碎。人民是要永久存在下去的，而且在任何时代都要为争自己的独立而斗争。我们的全历史就是一部人民争自由的历史。每一次的失败不过多添一页血的记录，并不曾结束这个长期的斗争。

现在正是应该重燃起斗争的烽火的时候了。

先生，写过一千余页的西洋社会运动史的你，仔细地研究过法俄两大革命的你，应该知道有组织的民众运动具有什么样的力量，而且会产生什么样的结果。日本帝国会在有组织的民众运动下崩溃，这是不可避免的命运。你们那里有一个军阀豢养的论客室伏高信常常说到“历史的宿命”，那么这就是“历史的宿命”罢。连室伏高信有一天也会倒在他自己挖的坟墓里，让后代的子孙用鄙夷和憎恶的口吻提起他的名字。他所梦想的罗马帝国的黄金时代是永不会再来的了。

这一点你当然很知道。将《古事记》的神话推翻，将天皇即神的传说打破，这也是一个掘根的工作。你在三四年前就告诉了我这样的一个企图。也许是环境阻止你，使你不能把它完成。但是作为先知者的你们应当起来加紧地从事唤起人民的工作了。你们点燃了烽火，无数的群众就会发出洪钟似的呐喊跟着你们前进。此时正是最好的时机，倘使你们再把它错过，使横暴的统治又得苟延残喘地延长若干年，直到人民愤怒的大爆发，像一把火烧遍了岛国，烧毁了法西斯蒂的宫殿，但是你们却忽略你们的责任了。

“皇军”的飞机在我的头上盘旋。发动机的声音像蚊子叫声似地响着。但这是死的声音，毁灭的声音。我落笔的时候，机关枪就在上面扫射，一颗炸弹在不远处爆炸了。在我的周围是死。我还是一个有血有肉的人，我不能够静下剧烈的心跳安静地给你写信。然而我一定要把这封信写完，因为说不定过两分钟我住的房间便会成为粉碎，那时，连我这执笔的手也不知会落到什么地方去了。一个人接近死的边沿，不会说一句假话。我可以坦白地告诉你，就在炸弹和机关枪的不断的威胁中我还看见未来的曙光。我相信这黎明的新时代是一定会到来的。我们在这抗战中的巨大的牺牲便是建造新的巨厦的基石。这一个星期来，我们的救护队含着眼泪埋葬了成千的死者。无辜者的血染红了广州的街市。但是在这里依旧充满着愤怒的呼喊和坚定的信念，却听不见一声乞怜的哀号。犹如在东西南北线各战场上默默地贡献了最后一滴血的千百万兵士，他们的脸上也不带一点畏怯的表情。所有的人都为着一个伟大的目标牺牲，这个目标会拯救中国，也会拯救日本。

中国一定会得到解放的。这解放同时带来日本的新生。侵略者的统治阶级自掘其坟墓，这才是“历史的宿命”。我们如果把樱花岛国比作一间黑暗的囚室，则我们的抗战的炮声就是叩门的信号。在这受苦的土地上流过的血将成为一股洪流，而以其不可抗拒的力量，冲破日本的牢固的铁门。所以我们同时唤着："弟兄，醒起来罢。"

"弟兄，努力罢"，你们的劳动阶级同胞已经发出了这样的呼声，我们以我们的热血来作为友情的酬答。东亚两大民族的解放，应该是我们和你们的共同的目标。这自由的花树已经受到了我们这个民族的赤血的灌溉，我们的血还在不断地流，现在应该由你们来贡献你们应当交出的一部分了。先生，我等着听你们的雄伟的呼声；我等着看你们的壮烈的行动。当你们无产阶级弟兄向着法西斯统治者举起结实有力的拳头的时候，他们的末日就到了。日本帝国的崩溃不过是指顾间的事。残杀者将以自己的血来报偿他所犯的罪恶，留一个污秽的名字在历史上，而让位给为创造新时代而努力的人民。这个"历史的宿命"，并不是一百万军队，或十万吨炸弹，和一万尊大炮所能改变的。凭借武力为子孙树立万世不朽的基业，这只是少数痴愚者的迷梦。连喑呜叱咤不可一世的拿破仑也只得作圣海仑岛上的囚人，而悒郁地度其残生。路易十六却为了祖先的罪孽身死在断头台上。至于尼古拉二世的受刑，威廉二世的流亡，都是可以昭示来者的前车之鉴。但是野心家如军阀政客之流，却非白刃加颈不能明白真理。他们害怕的只是有组织的民众运动。这是可以致他们的死命的。现在当我们立在门前用抗战的炮声来叩门的时候，你们应该起来发动这样的运动了。

先生，这时候我并没有畏惧。我的信念使我的心镇定。我居然写完了这样的一封长信。我愿意它能够飞越过海的彼岸，把我的这心情传达给你。我不知道你是否还自由地住在和平的千岁村，或者你已经在狭小的地牢里牺牲了性命。但是我相信在你们那边总有一天会有人看到这封信，或者百合子姑娘，或者别的友人，那么让我等候着你们的回答，你们会用行动来回答我，我这样地相信着。

1938年6月5日在广州。

后　记

在零下四度的寒夜里，我的心热得像一块烧红的炭。是我的眼睛见到心么？是我的手摸到心么？不，我没有找到一个适当的比喻，姑且把心比作热炭。四周异常静，先前那些吱吱喳喳也都寂然了。但是我没有睡意，我不愿意倒在寒冷的床铺上闭住眼睛。

这些天里，笼罩在太平洋上的暗云紧紧地压住我的心，一定是它做了火种。我听够了叹息和疑虑的询问，我看够了报纸上那些可怕的标题。我的心反抗着，我的信念坚执着。我怀疑过“将来”么？我相信恶势力的胜利么？我愿意在侵略者下面低头么？不，这不可能。我的心始终在反抗。因此它燃烧起来了。

我无法使这颗心安静，便找出放在箱子里的一叠旧稿，拿起笔来校改。夜悄悄地在窗外进行，灯里的油逐渐地减少，我的两只脚渐渐地变得不灵活了。就在这寒冷的冬夜里，我编好了这本小书。

《火》、《长夜》、《寻梦》、《怀念》[1]、《灯》五篇都是在桂林写的，《废园外》则是在昆明写成。第三辑中的公开信，还是一九三八年

---

① 我后来又把《怀念》抽出，编在另一散文集《怀念》里面了。

在广州的旧作。

这些不像样的零碎文章，都是被一个信念贯串着的，那就是全国人民所争取的目标：正义的最后胜利。因此我愿意把它们献给读者。

巴金　1942年2月。

附　录

一个中国人的疑问*

前天读到赖诒恩神甫的《在西方的山巅上》第二二一、二二二两段，觉得很奇怪。赖神甫说林语堂先生在他的近著《啼笑皆非》中"指出一事，触着许多人的痒处，而又不能反驳的"，这件事便是，许多人谈到

* 本篇最初连续发表于一九四三年十二月十七、十八日《广西日报·漓水》。

“提高生活标准”问题，“林氏问这些人为什么特别关心提高世界生活标准，而忽视了提高道德标准呢”。

林先生的原作我没有拜读，不敢批评。不过单从赖神甫所赞美的这点看来，我对它也不能有什么高的评价了。

“提高道德标准”并不是一句新话，从有历史到现在，不知讲过多少次（这是统治阶级和帮闲阶级所最喜欢讲的），平民从来没有发过这样的呼吁了，并且实行过多少次，可是并没有多大用处。主要原因是主张“提高道德标准”的人对道德并不了解。

“提高道德标准”这句话就有语病。若说“提高”，则我们的“道德标准”在什么时候降低了呢？现在的标准又是在怎样的程度上呢？又所谓“道德”是指“道德学说”呢，还是指“道德方式”？若说“道德学说”，则从古希腊诸哲学家一直到法国的天才青年居友，这中间我们已经有了不少的完美的道德学说体系，连经济学创立者亚丹·斯密和社会主义者蒲鲁东在这方面也有过不小的贡献。至少我们现在还不曾有过比这些更高的体系（并且连蒙昧人和野蛮人也有极高的“正义与邪恶的见解”。据罗曼纳斯的记述，非洲的半蒙昧人把鳄鱼当作人类的近亲，称它们做“老祖父”，他们跟鳄鱼往来，彼此都受着原始的正义的概念的约束）。若说“道德方式”，则从原始的蒙昧人如亚柳人，褚克起人等一直到现在自以为最优越的亚利安人，这中间也有着不少很高的道德生活的方式。甚至大多数的动物也营着道德的生活（关于这个，许多卓越的博物学家如奥杜邦、亚查拉、韦特等都有详尽的记述）。此外，我们还有很好的宗教，如佛教、基督教等。

这些宗教的虔诚的信奉者也会遵守他们教主遗下的道德的教训，过着模范道德的生活。赖神甫说："在许多西方国家，包括那些自称为进步的国家，近年来有一种可悲的堕落现象。"我们姑且承认这是真的，不过话里也带了一点谦逊的口气。他没有提到东方，他跟林先生不同，他大概看见自己眼中的刺忘了别人眼中的梁也未可知。事实上，若就一部分人的道德生活的堕落而论，在东方、尤其在我们这个文明古国，实在比在西方厉害得多。这是不用讳言的，犹如求医的人不应该讳病。

既然承认"堕落"，就得承认有过"高"的时候。那么大多数人的道德生活怎样会由"高"降到"低"，发生了"可悲的堕落"现象呢？赖神甫没有说明。可是事实上这问题是很容易解答的。我以为，道德的堕落便是从大多数人生活标准的降低这一事实来的。救济的方法正是赖神甫和林先生两人所不高兴谈的“提高生活标准”。并且这是唯一有效的方法。

我可以从我个人身经、眼见、耳闻的许多事实证实我这个论点。我并且还可以从书本中找到我的论据。道德的研究早已成了一种专门的学问——伦理学，在大学里也要讲授这一个科目。我们现在要研究道德的由来和道德的目的，并不是一件难事。关于感情的起源，从古希腊以至现代的一般哲学家研究的结果，可以分作两大学派。一派主张，这是由上天启示给人的（因此他们常把伦理学和宗教连在一起）。另一派在人类自身中看出了道德的起源，他们认为一切人类行为的主要原动力，就是那个有人叫作“快乐”，有人叫作“福祉”或“幸福”的东西。换句话说，就是那个给人以最大的快乐或欢喜的东西。我们若研究近代道德学说的发达，更易看出这样的区别。近代道德学说的两派：一是功利论者，他们在社会的和个人的利害的考量中看出了道德的起源；一是直观派哲学家，他们以为道德是一种本有的、固有的神秘的力量。前者至小弥尔而完成，后者到康德而达于极致。另外还有一派便是进化论者，达尔文是其最有力的代表，他的结论是：一切道德都是从“社会本能”这个共同的泉源出来的。我们现在分别研究这三种说法。根据康德，则“我们依照道德的法则行为”是服从“至上命令”，这个在我们自身最深处存在着的神秘力量。小弥尔却以为全部道德学说可以建立在一个根本原理上面——就是对于最大的幸福的追求，根据功利论者的说法，我们遵行道德是在寻求给我们以最大满足的东西，避免给我们以痛苦的东西。另一个功利论者边沁还制定了一种“快乐之等级”和一种“痛苦之等级”。他以为，道德的行为是一个正确的计算，不道德的行为是一个不正确的计算。人总是追求他个人的快乐，他个人的利益，人也会为了未来的更大快乐牺牲目前的快乐。达尔文则认为，道德意识是从社会的感情得来，这种感情是本能的，为下等动物所固有，人类也有的。他又说：“无论何种动物，只要它赋有显著的社会本能（亲子之爱也包括在内），当它的智力发达到跟人的智力一样，或者相似的时候，它必然会获得一个道德意识或良心。”“社会的本能是永远存在，永远持续的”，它可以“战胜那些较不能持久的本能”。由这种本能渐次发达便成为人类的道德。社会主义者蒲鲁东认为“人类的道德意识与动物的道德间只有程度上的差异”。道德的发展有三个阶段：一，同情；二，正义；三，大量（包括自己牺牲）。前两者是人与动物所共有，第三个阶段却是只有人才可以达到的。人先有社会本能，同情和互助都是从这里来的，这是义务的；由社会本能再发展为正义与公平的概念，这个阶段也是义务的；最后由正义发展到大量、慷慨、自己牺牲，这个阶段却不是义务的，而是可愿望的了。居友认为“世间有一种不能与生存分离的大量，要是没有它，我们就会死亡。我们必须开花，道德无私心就是人生之花”。

从上面的叙述看来，则道德的由来不外乎这三者：“至上命令”，“最大幸福的追求”（或功利的考量）和“社会本能”。要是我们承认“至上命令”，则无须乎用外部力量去压迫人或鼓舞人遵守道德，并且亦不可能。要是我们承认“最大幸福的追求”，则违反人的利益与幸福去提倡道德，绝不会有效果。要是道德能给人好处，则已有的道德标准不会降低。要是我们承认“社会本能”，则那个本能“软化而让步于其他的本能”(达尔文语)时，绝非一些“计划”、一些空言所能挽救的。总之，若见到“可悲的堕落现象”，便去“提高道德标准”，这等于中国一句老话：“缘木求鱼”，毫无用处。

我自己是相信进化论的道德学说的。我们还可以说它把直观派、把功利论二者都包含在内。把康德的“至上命令”换成“社会本能”，在“幸福的追求”外添一个“社会本能”和道德发展的三阶段，则都和进化论的伦理学相似了。我们过道德的生活，是受着社会本能的指使，可是这样做，对我们自己也有利，我们永远追求着幸福和满足。不管我们怎样做，做什么，或是追求个人的快乐和满足，或是追求大多数人的幸福，或是甘愿为着某种更好的事物舍弃目前的欢乐，我们都是向着在一定的时间会使我们得到最大满足的方向做的。一个道德哲学家说："事实上如果道德生活会使人得着不幸，那么世间的一切道德都消灭了。"这是不错的。道德必须给人利益，人们才遵守它。连宗教也得先给人们种种的预约，佛教有"西方极乐世界"，基督教有"天国"。为什么要有这酬劳的允许呢？为什么要有"地狱"的威吓呢？单是"爱的福音"不能改造世界么？在信奉基督教和天主教的大部分西方国家中，为什么到现在还会有赖神甫所说的"堕落现象"？为什么基督教的两大基本原理——"平等"和"对于危害的宽恕"，会被中世纪教会所反对，为什么到现在它们在一般信奉者中间会成为具文？为什么这个人神，这个伟大的道德教师的“山上垂训”常常会被忘记，而单是仪式神话，天国的传说，却普遍地存在着呢？

我们现在应该明白道德的目的是什么了。保身和传种是人类同一切生物的两大本能（生物学家这样告诉我们），而社会本能（道德的泉源）不过来辅助它们发展。道德必须帮助维持生存，求得最大的幸福和繁荣。人类活着除了维持生存，发挥力量，追求、创造或实现全体的幸福和繁荣外，还有什么呢？完满的生活是人类共同的目的，道德的存在即是为了帮助人类来达到这个目的的。世间绝无对人无利的道德，亦无教人求死的善行。犹如没有一个宗教家会宣传善人堕入地狱、恶人登上天堂。或在目前，或在将来，或在来世，却总不脱幸福与满足的范围。完满的生活、幸福、满足——这不是一种高的生活标准还能是什么？难道“生活”、“幸福”、“满足”这些字眼里就没有精神的成分？难道“提高生活标准”就是像赖神甫所说“使人民有……更多的金钱”？而不是提高到一种与我们的正义的观念相合的生活？（我们从古希腊以来甚至从蒙昧人以来，就有了够多的正义的观念）。我们是理性的动物，我们需要理性来判断。既说“人民”，当然指大多数的人，对于他们，的确应该把生活的标准提高到这样的程度：人人有饭吃，有衣穿，有屋住，有书读，有工做这五点。一个没有受过高等教育的意大利鱼贩子说过：“我希望每个家庭都有住宅，每个口都有面包，每个心都受教育，每个智慧都得着光明。”这是一个平民对提高生活标准的呼吁。谁能够反驳他的话？这简单的话语里面不是闪耀着爱与正义的观念么？这不是人类追求的目的，这不也是道德的目的么？事实上教育普及、生活安定，各人在自由的空气中发挥一己的创造力为全体谋福利，那时即使没有人出来讲道德，说仁义，没有人出来“提高道德标准”，也不会发生堕落的现象的。

现在再回来说堕落的现象。我在前面说过，姑且承认赖神甫关于道德堕落的话是不错的。事实上我并不相信他的话。据我所知，“在许多西方国家”近年来并没有什么严重的“可悲的堕落现象”，那些国家的大多数平民至少还能够维持跟赖神甫和林先生所遵守的一样的道德标准。我们也用不着降低自己民族的身份去奉承另一种民族（同样我虽承认在中国有着比较严重的堕落现象，但我得声明，中国的大多数老百姓至今还遵守着旧有的道德）。赖神甫也用不着请林先生去计划提高英国人的道德标准。作为一个信奉爱的福音的神甫，赖神甫应该注意的倒是“提高生活标准”的问题。这在目前，是一个严重的问题。在战后，更是一个严重的问题。经过了这样的大战事、大残杀、大轰炸、大饥荒以后，复兴工作的第一步应该是“生活问题的解决”，人第一需要食粮，然后才需要别的。对挨冻受饿忍苦的人民空谈“道德标准”，这是奢侈，这是不道德的行为，因为这里面没有同情，没有爱。先帮助他们解决这最基本的生活问题，使他们的生活能够达到平均的标准，才是道德的行为。至于自己不做并且反对别人去做，那就是罪恶了。我们有什么理由漠视在德国占领区的普遍的饥荒呢？我们有什么理由忽略德国征服者那种减少人口的饥饿政策的后果呢？现在欧洲被征服国家的人民的生活标准已经减到无可再低的了（我们应该特别提出波兰、捷克、比利时、法国等）。在中国大部分的沦陷区里情况也是一样。甚至在抗战的中国，虽然也有不少发国难财的人过着荒淫的生活，虽然在桂林也有“梅蕙丝”、“梅尔勒奥伯浪”一类人开设着漂亮的咖啡店慰劳盟友，可是大部分人还是吃不饱、穿不暖，连最起码的生活也过不了。教书的人不能供给自己的孩子上学，大学生被逼得偷蕃薯给人枪杀，在有些县份里人卖儿卖女以求糊口，我自己亲眼看见无数的同胞（这里面有我许多的朋友）一天天瘦弱下去，对我们这些同胞，赖神甫将说些什么呢？对欧洲波、法、比、捷等国的亿万饥民，赖神甫将说些什么呢？对集中营里无数的人质和战俘，赖神甫将说些什么呢？他们不再需要道德，因为他们的道德标准从未降低过。他们需要的是“提高他们的生活标准”，让他们过得好一点，让他们过着一个人应该过的起码的生活。他们有着过这样的生活的权利。并且事实上到了某一个时期他们会起来自己争取的。要是这个问题不解决，要是最大多数人以至全人类的生活标准不提高，那么纵使有千百个道德的教师，计划出千百种“提高道德标准的办法”，也“决不能产出一个较良的世界”。撇开大多数人的幸福和痛苦来谈道德，等于抓起一具枯骨来硬给他装上一个灵魂！

以上是我的一点浅薄的见解。因为赖神甫说过“那不能反驳的”。我只好把这篇小文称作“疑问”了。我在题目上加了“一个中国人”这些字，在抗战的六年半中间，我始终跟我的同胞在一块儿生活。我同他们一起欢呼过，也跟他们一道受过苦，我有权利在这里用中国人的名义讲话。

什么是较好的世界*

——质赖诒恩神甫

赖诒恩神甫的答复很使我失望。他不仅没有正面地回答我那些疑问，他甚至用一句简单的话巧妙地卸去他在《山巅上》发表议论所应负的责任。作为“宗教的仆人”，赖神甫的这种态度未免有点不光明了。

---

* 本篇最初连续发表于一九四三年十二月二十六、二十七日《广西日报·漓水》。

我现在再把赖神甫的《山巅上》二二一节原文的要点和我的疑问的要点提出，希望他对自己的议论给一个解释，对我的质问给一个答复。

赖神甫在《山巅上》告诉我们，林语堂博士在《啼笑皆非》中指出了一件事，许多外国批评家谈到提高世界（尤其在中国）生活标准，“林氏问这些人，为什么这样特别关心提高世界生活标准而忽视了提高道德标准呢？”（赖神甫原文）。赖神甫武断地说：这件事“触着许多人的痒处，而又不能反驳的”。他更说：“林语堂博士说得好，提高道德标准比别的事情更重要。”他并且认为“这是不幸而无可否认的事实：在许多西方国家，包括那些自称进步的国家，近年来有可悲的堕落现象”。

这个“不能反驳的”的武断激起我的愤

怒。作为一个中国人，作为人类的一分子，我有权利对赖神甫写出我的疑问，我的良心要我这样的。

我的疑问的要点有六：

一，就一般来说，就大多数人来说，我们的道德标准并未降低，并且从古希腊到现在，我们已经有了许多很高的道德学说的体系，从原始的蒙昧人（他们不知道什么叫道德，但是他们也过着相当高的道德生活）到现在自以为优越的亚利安人，这中间也有不少很高的道德生活方式。此外我们还有很高的宗教如佛教、基督教等等。……我们为什么要提高道德的标准？又所谓“提高”究竟要高到怎样的程度？

二，若承认世上有“道德堕落的现象”，而且是普遍的，则挽救的办法是提高生活标准（是提高大多数人的生活标准，而不是提高林博士和赖神甫的生活标准），因为生活标准确实“降”得很厉害，而道德堕落的现象便是从生活标准的降低来的。为什么要反对提高生活的标准？（从赖神甫的文章看来，林博士是反对提高生活标准的。）

三，就道德堕落的现象论，则在中国比在西方厉害。可是甚至在中国，这种现象也只是在一部分人中间发生的。大多数的中国人都能够维持跟赖神甫、林博士所遵守的一样的道德标准（虽然他们的生活标准低得多）。在西方更不用说，堕落的现象也是并不普遍的。现在成问题的倒是生活标准的降低，尤其是在中国，可说差不多低到无可再低了。为什么不提高呢？

四，从哲学、从生物学，从人类学等观点看，道德是为了帮助人类谋幸福、发达与繁荣而存在的。道德必须于人有利，世间绝无加害于人的道德（道德的基础是爱、同情、互助。从动物间的亲子爱到我们的同胞爱，道德的发展所经过的再没有别一条路）。宗教家也说，善人登天堂。道德的目的便是帮助人类达到完满的生活。这完满的生活可以用意大利凡宰底的一段话来解释：“我希望每个家庭都有住宅，每个口都有面包，每个心都受教育，每个智慧都得着光明。”这是人类要求的共同的目的，这便是提高生活标准的意义，这是道德本身。为什么撇了道德本身，而谈提高道德标准？

五，提高生活标准在目前是严重的问题，在战后更是严重的问题。在纳粹铁蹄下的欧洲沦陷区和在日寇魔掌下的中国沦陷区，多数人民的生活悲惨到了极点。他们需要过得好一点，至少过得像人一点（在抗战中的中国，一般人也过得相当苦，也盼望着早日改善）。他们不需要人去提高他们的道德标准，因为他们并未堕落，至少我们不能说他们堕落。那么为什么许多人不热心谈论这个问题时，赖神甫以为林博士应该责备他们，并且要他们先去提高道德标准呢？

六，因为赖神甫是“宗教的仆人”，我便问他：为什么基督教也有“天堂”的预约？为什么在那些信奉基督教和天主教的国家中会有神甫所说的堕落现象？为什么基督教的两大基本原理——平等和危害之宽恕——会被中世纪的教会所反对？为什么那个伟大的道德教师耶稣的“登山宝训”在一般的信徒中间会成为空文，而仪式和天堂的传说却普遍地存在呢？（在法国小说家尤敬·西的小说《巴黎的神秘》中有一个场面描写宗教裁判所的法官责备基督对人们过于仁慈的过错。俄国小说家杜思退益夫斯基的《卡拉玛左夫兄弟们》中也有跟这类似的场面。西班牙的宗教裁判所存在最久，直到一八〇八年才被法国军队所毁。在三百二十年中间，因不信仰宗教而受审判的人在三十四万以上，其中三万两千人被焚死；一万七千六百五十九人受着用“肖像”代替“肉身”的火刑；二十九万一千四百五十人受着种种的拷打。法国的宗教裁判所废于一七七二年，意大利的宗教裁判所废了又重建起来，一直维持到十九世纪的中叶。这是宗教统治的成绩。这是撇了爱、撇了人民的幸福来谈宗教的结果。）

对于以上的六点，赖神甫完全没有答复。他整篇文章只支持一个论点：道德标准的改善“比使人们暖衣饱食为更基础的需要”，他并且认为“这话殊无证明的必要”。（他又在这里把“生活标准”改作“生活程度”了。

事实上这两个字眼的含义是不同的。谁愿意提高“生活程度”呢？）

这不是答复，也不是解释同发挥他的论点，这只是固执己见罢了。不过我们的问题还是应该辩明解答的，因此我要再向赖神甫请教一次。

现在我们问题的要点还是在这三层：一、为什么“提高生活标准”的主张和努力应该受着赖神甫和林博士的斥责？二、为什么在大破坏之后，人们不应该先去尽力于复兴的工作，却要埋头去干那无补实际的道德标准？三、所谓宗教的精髓和道德的基础的“爱”字究竟是空话，还是应该表现在行为中？

战后复兴的问题关系着整个人类生存的问题。我们只要睁大眼睛看一下：在这大战争中许多的人死亡，许多的房屋成为废墟，许多的农田荒芜，许多的工厂专门制造战争武器，许多的人失去受教育的机会……还有遍欧洲大陆的粮荒，和在暴力下实行的强迫的移民。……自然，直到今天人类中的精英还在“为了生存的问题”互相毁灭，一切复兴的工作在目前还是不可能。可是有一天胜利来临，和平恢复，人民回到残破的家中坐下来，看看自己的周围，那时候他第一件工作究竟是什么呢？我们不必请教书本，求助宗教，也可以知道他要在废墟上重建他的住宅，耕种他的荒芜的田，养活他一家人。在这以后他才有余力来谈道德的问题。这是很自然合理的事，倘使有一个神甫跑去阻止他重建房屋、耕种田地，却对他说：“你应该使你自己变得更好，你应该牺牲，你不应当先来建造房屋、耕种田地、养活一家人。”这倒是不近人情的举动了。这里面没有爱和同情，只有约旦河施洗者的威吓和警告，这甚至还与耶稣的教训与行为相反，耶稣实际上是一个最有人性的人神。基督教在罗马势力的摧残下能够发展，就全靠了这一点人性。（基督教当时是以反抗富人堕落之贫民的新宗教这个姿态出现的。它提倡对受压迫的牺牲者之爱来代替对一个复仇的上帝之恐惧和对体现自然界恶势力的人格化的神之恐惧。它的道德教师不是一个复仇的神，不是一个僧侣，也不是一个知识阶级的思想家，他只是一个平民，一个简单的木匠，它的最初的信从者里面并没有罗马人。）那个道德的教师不让人们用石头打死一个行淫的妇人，却对她说："我也不定你的罪了，去吧，从此不要再犯罪了。"他并没有拉住她作一番道德的说教。对抹大拉的马利亚，他还让她吻他的脚，并且对她说："你的信念救了你，平平安安地回去吧。"为了回家的浪子，他赞成父亲宰杀他的肥牛犊。对钉十字架上的盗贼，他还说：“今天你要同我在天堂里了。”这不是深厚的人性的表现么？

个人的问题还是容易解决的，更严重的倒是民族和人类的问题。在这个时代，一个人自己饿死是平常的事，可是没有谁能够睁着眼睛让一个民族毁灭，甚或全人类走向死亡。所以战后复兴工作是必需的。残毁的房屋应该重修起来，田地应该大规模地耕种，工厂应该改换工作和生产品的种类。教育应该普及，残废的人应得着教养，最重要的两点：贫乏应该消灭，愚昧应该扫除……这种种问题对人类的前途能给与世界的和平有极大的关系。这绝不是宗教所能解决的。宗教能给人以心灵的慰安，却不能满足人的饥饿。要“祛除贫乏”（赖神甫语）必须先使生产增加，分配合理。犹如战后灾民的供养，疫疠的预防。必需品的分配，必须靠科学的技术的工作和精确的计算。单是好意不能完成什么事情，犹如单是善心绝不能治人重病。事实证明出来，暖衣饱食的确比道德的改善“为更基础的需要”。林博士忘了一句中国古话：“衣食足而礼义兴。”古圣一言一动均有所依据，从不信口开河。直到现在又何尝有过“礼义兴而衣食足”的事实？赖神甫和林博士未免把事物的秩序颠倒了。

赖神甫向我们侈谈“走向较好的世界”，什么是较好的世界呢？我敢问一句，在“较好的世界”里面是不是应该人人都有衣穿、有屋住、有饭吃、有工做、有书读呢？倘使赖神甫否定我这个论点，那么我可以想象到：许多衣不蔽体、面黄肌瘦、认字不多、走路无力的人在啼饥号寒之余，到礼拜堂或者公共集会地方去听一番道德的教训，虔诚地表示愿意遵行，走到街上看见大人先生、神甫博士饱食暖衣从容过市，彼此含笑、互相祝福，然后客气让路。人人信仰宗教，大家相信未来。这是不是较好的世界呢？礼义兴了，万人信仰宗教了，可是这个世界里还缺少一点东西。不幸，那却是最重要的东西。

赖神甫愿意称自己为“宗教的仆人”。可是作为宗教的仆人，他的职责并不单是奉主的名传道。耶稣自己在“登山宝训”中说过：“凡称呼我主阿，主阿的人不能都进天国，唯独遵行我天父旨意的人，才能进去，当那日必有许多人对我说，‘主阿，主阿，我们不是奉你的名传道，奉你的名赶鬼，奉你的名行许多异能么？’我就明明地告诉他们说：我从来不认识你们，你们这些作恶的人，离开我去吧。”

这是仁爱的主的声音，也正是对他的仆

人们说的。或者准备跟他走进天国，或者离开他去吧——在宗教的仆人面前，再没有第三条路。

（关于这个问题我不想再写文章了。将来有功夫时，我倒想谈谈基督教和中世纪的教会。）

关于“道德与生活”问题的一封信*

——致《广西日报·漓水》编者

编辑先生：

今天读了赖神甫的“再答”，我说过关于“道德与生活”的问题我不再写文章了。并且赖神甫的“再答”与我的“质问”根本不生关系，他似乎没有读懂我的文章，甚至

* 本篇最初发表于一九四四年一月六日《广西日报·漓水》。发表时题作《巴金先生致编者——关于“道德与生活”问题的一封信》。

没有抓住我的“质问”的要点（我明明列举了六个），我这次对他提出“质问”，并非故意说着不相同的话，使世界热闹一点，也并非玩着笔墨游戏，开什么“笔战”。我只是说出我对大战后复兴工作的一点意见。赖神甫始终避开我们的根本问题。他所反对的、所讥讽的那些意见，那些话，全不是我的，甚至是与我的意见、我的话多少冲突的。我至今还是主张，这次大毁灭的战争中应包含着建设的工作（事实上是有的）。所以战争停止和平到来时，就应该“先”使一般人民的衣食住和教育达到一个相当高的标准，因为在这次战争中一般人（尤其是在欧洲沦陷区和一部分中国沦陷区中）的生活标准实在降得太低了，而他们的道德标准却并未降低过。美国运粮接济法、比沦陷区的人民这是很正当的措施。关于流亡人民的救济，各处都有专门的组织来做这种工作。在战后这种工作更是严重。因为这是空前的大规模的战争，将来复兴的工作也必是空前地困难的。倘使我们忽略了这个问题，这个工作，则世界的和平与人类的幸福绝对无法实现。赖神甫不赞成这个主张，他以为“道德的改善比人民饱食暖衣为更基础的需要”，他以为应该先把道德标准提高，然后才来谈衣食住等的问题。他并且认为这件事“是无可反驳的”。我不了解他的立论的根据，要他说出“无可反驳”的理由来，他却始终没有说明，反而怪我讲了许多离题太远的话。事实上讲离题话最多的倒是他自己，他在“再答”里面讲的差不多全是离题的话，譬如“财富与廉耻心何者较好”？对一般人，这只是一句“空话”，因为他们一生连梦也梦不到财富，却有了够多的廉耻心。而且这与战后的复兴工作并无关系。我们没有权利拿这问题去问欧洲的饥民（中国的也在内）。譬如，说沦陷区人民的道德问题，我比赖神甫还说得更早：他们的道德标准始终没有降低。

我在第一篇文章里就说过，就“大多数人”而论，则我们的道德标准现在并没有降低，用不着提高。只是生活标准降得太低了，提高的需要倒是很迫切的。赖神甫倘使不回答这两句话，则他对我的一切答复都是“离题太远”。

不说了，这封信希望你在《漓水》发表。

巴金

读《两个标准》*

一

赖诒恩神甫的“再答”使我失望，我承认这是一篇洋洋洒洒的大文，可是我却抓不住他的要点。赖神甫花费了那么多的笔墨，

---

* 本篇最初连续发表于一九四四年二月二十四至二十七日《广西日报·漓水》。

企图回答我以前对他提出的六个问题，并且解释他自己提出的三点。结果他全没有办到，他还只是抽象地谈他的“道德标准”，他甚至没有较为具体地告诉我们他那“两个标准”究竟是什么，他不但没有提供新的，他连我们讨论的要点在什么地方也始终没有找对。因此我虽然说过“不再写文章”的话，现在也不得不提起笔写几句来提醒他。

说到我们辩论的要点同我自己的主张，我在给副刊编者的信（一月六日《广西月报》）里已经说得很明白：

> 我在第一篇文章里就说过，就“大多数人”而论，则我们的道德标准现在并没有降低，用不着提高。只是生活标准降得太低了，提高的需要倒是很迫切的。赖神甫倘使不回答这两句话，则

他对我的一切答复都是“离题太远”。（“离题太远”四字是从赖神甫的文章里借来的。）

我写第一篇文章的时候，我就声明我们谈生活标准、谈道德标准，都是就大多数人立论的。事实上我们不能拿少数人的言行代表一个民族，甚至全人类。这一层赖神甫也知道。那么要是赖神甫不能指出大多数人的道德标准的降低，他便无法证明提高道德标准在目前比提高生活标准更重要。

二

我们再看关于“道德标准的堕落”，赖神甫提出了一些什么样的“证明”。

一、他说：“公私生活上不诚实的增加，

傲慢与残忍的增加，家庭生活的堕落。——这就是目前道德标准堕落的证明。”

二、他认为战争的发生也是由于道德的堕落。所以他说：“但除非世界的道德标准是被提高了，否则战争会再降临，使他们的命运比以前更坏。世界上的道德标准假如有了最后的改善，也会减少给不幸的人民带来新战争的危险。”

三、此外他常常提到“个人的自私心”，譬如他说，“贫困的起源不是财富的偶然，而是其他人的贪婪和自私。”又说：“改造社会的梦想永不会实现，因为对于公共利益的梦想，在过去常常会被毁于个人自私心的礁石上。”他甚至把一切罪恶都归罪于自私，说“使全世界受难、压着无数人在仅能糊口的生活水准下的是它”，造成奴隶制度的是它，“给无辜的人民以战争的恐怖”的也是它。

但是他犯了三个错误：第一，他把少数人的行为来代表多数人，因为大多数人至今还是在艰苦的生活中挣扎，他们并没有做过什么违反道德的行为。（他们并没有不“尊重诺言”，并没有做过不诚实的生意，“政治的腐败”与他们无关，他们也没有“欺凌弱者”，他们也没有“不尊重婚姻诺言的神圣”，也不曾有过“放荡的性行为”，也不是不留心儿童的道德教育。）这是中国的农民，中国的老百姓，中国的一部分的知识分子和许多的人。他们遵守的道德标准并不比赖神甫遵守的低。至于少数人的堕落，我在第一篇文章里面就谈过了。

第二，他把我们这个世界看得非常单纯。他认为一切罪恶，一切败德，一切痛苦都是由“个人的自私心”来的。可是这“自私心”从什么地方来？天赋的还是学得的？为什么它会有这么大的力量？他却一句话也没有说。第三，他信口开河，不要立论的根据。譬如他把战争的发生归罪于道德的堕落，却没有用事实或理论来证明他这个“信仰”。

因此他始终没有能把我的“世界道德标准并未堕落”这个论点推翻。

三

我们再看“生活标准的降低”这一个论点。

关于这个，赖神甫承认他同意我的主张。他并且说：“在一些地方，它已低落到可怜的程度，在另外一些地方和在某阶级间它一向就是低得可悲。”

那么赖神甫还有什么理由说，提高道德标准比较提高生活标准更重要呢？

的确，他没有充分的理由。所以他在这

篇文章里就坦白地说："我从没有反对过生活标准的提高，相反地，我曾主张并且承认它的重要。"又说："我只能再声明我从未说过提高生活标准是不对的。"

但是，赖神甫自己在去年十二月十二日发表的《山巅上》里明明说过这样一段话：

> 林语堂博士近著《啼笑皆非》……指出一事触着许多人的痒处，而又不能反驳的。他论及许多人所谈"提高生活标准"问题，这是外国批评家对中国贡献那么多所谓有用的评论的论旨。林氏问这些人为什么这样特别关心提高世界生活标准，而忽略了提高道德标准呢？

这是什么意思？难道高谈道德的赖神甫竟然忘了一个最普通的道德教条——诚实

么？事实上他已经否定了他自己的话。那么我写第一篇文章的目的也算是达到一部分了（赖神甫又说："在原文中提高生活标准的问题……是指一些爱吹毛求疵的人的批评，这种人说像洗澡间、汽车和冷藏箱之类的东西在东方是不够多。"可是《在山巅上》和以后的那篇文章里他并没有提到这一点。其实汽车、洗澡间之类，要是在东方普遍地使用，让大多数人都享受到它们的便利，这也不是一件坏事，与道德并不违背）。

四

现在他退一步承认"提高生活标准是必需的"了，不过他还说："但同时提高道德标准根本上比较重要。"这个"比较重要"是从什么地方来的？他这个"断定"的立脚点在什么地方？我在《两个标准》里面简直找不到。他只是概念地说了这类的话：

我相信他宝贵公正与荣誉甚于宝贵物质的东西。

人不是机器，我们不能把他们视作同一模型制造出来的东西：他们不会自动的为了公共利益而牺牲他们自己的幸福和愿望。他们是有个人的愿望和意欲的动物。而这些愿望和意欲是要用很大的力量才可以把它控制住。

在《走向较好的世界》里他说过：

我宁愿一个国家里的人都是善良的，而不愿他们是富足的。

今日世界上这些东西的需要改善，

这话在我看来殊无证明的必要。它们的改善比使人们暖衣饱食为更基础的需要。

在《何者较好》里他又说：

当我说人类和其行为及生活中应该廉正诚实比他们应该富足为更重要的事情的时候……

假如沦陷区内的人民完全不顾及道德价值，他们大可以做汉奸以改善其生活状况。

这些并不能证明“提高道德标准”的“比较重要”。神甫说：“殊无证明的必要”，可是事实上我们讨论一切问题，提出一个论据，要是不用“证明”，那么谁都可以信口乱说，哪里还有是非呢？

赖神甫说，他宝贵什么，他宁愿什么，人类应该怎么做，倘使他没有学理与事实的根据，那么这些只是他一个人的梦想了，我用不着去管他。他提起沦陷区内人民不做汉奸的话，只能证明沦陷区内人民道德标准已经很高，因为他们已经“自动地”做到了赖神甫认为“人不会自动地”做的事情，就是说为了公共利益而牺牲了他们自己的幸福和愿望。他们已有了赖神甫所说的“很大的力量”。对他们提高生活的标准倒是比较重要的。

现在剩下来的只有一个论据：“人不会自动地为了公共利益而牺牲他们自己的幸福和愿望。”这大概就是他常常说的“自私心”吧。可是他这个唯一的立足点实只是一个荒谬的假定。事实上，不说是人，就是昆虫、飞禽走兽也常常实行牺牲的。为着一个蚁巢的利益，或为着一个鸟类集团、一群羚羊、一队猿猴的安全之自己牺牲乃是自然界极普遍的事实。一个生物学家说，这是“一个在自然界中每天发生的动物学上的事实”。俄国动物学家凯斯勒说过：“各种动物——尤其是各纲中最进化的物种，总是实行互助的。”另一个生物学家说：“当我们在动物的各纲中，从本纲的下等代表者研究到高等代表者（如昆虫类中之蚁、黄蜂、蜂；鸟类中之鹤、鹦鹉；哺乳类中之高等反刍类、猿、人）我们便会发见在那里面“个体与集体的利益之一视同仁”，有时甚至发见“为集体利益的自己牺牲”的事实……我在我第一篇文章里就引过达尔文的话，说：道德意识是从社会感情得来，这种感情是本能的，为下等动物所固有，人类也有的。他又说：“社会的本能是永远存在，永远持续的。”他解释这种本能说：“那些使动物从它的同伴的社会中得到快乐，感到对它们的某种程度的同情，并且为它们去做种种的事务之本能。”现在我们至少还没有论据推翻达尔文的学说，决不能随意把它抹煞，毫无根据地强调人类的自私心，断定人不会为公共利益牺牲自己的愿望。（我随便举出几个例子，蚂蚁的“胃内分食生活”〔福勒尔〕，白尾鹫的“会食”〔谢威尔左夫〕，知更鸟哺养戴菊鸟的幼儿〔歌德对话录〕，冠凫被希腊人称为“慈母”，鹤类与邻种动物实行互爱，蒙昧人与野蛮人的共同生活的方式，自然力的征服，中世纪自由都市的光荣的历史，现代人的互助的组织，科学与艺术的伟大的成就等等……）

这样，赖神甫的最后一个论据也不能成立了。

五

现在我们再来研究他对我六个问题的回答：他说："当我们谈到提高道德标准的时候，和我们发生关系的便不是理论而是实践了。"他认为我说道德标准并未降低时，我举出的只是些道德的"理论"。可是事实上我在第一篇文章里就说过："从原始的蒙昧人（如亚柳人、褚克起人等）一直到现在自以为最优越的亚利安人，这中间也有着不少很高的道德生活的方式，甚至大多数的动物也有着道德的生活。"第二篇文章里我又说："蒙昧人不知道什么叫做道德，可是他们也过着相当高的道德生活。"可是我并非只谈理论。我知道赖神甫的意思是，现在许多人受了狭义的利己心的支配，做着违反道德的行为。

但我在第一篇文章就说过：这只是少数人的堕落，大多数人能够遵守旧有的道德标准。赖神甫如不能证明大多数人确已堕落，他便无法推翻我的论据。

二、三、赖神甫在《山巅上》确实表示过不满意别人高谈提高生活标准，现在他既然否定了自己的话，我不必再谈这两个问题了。

五、关于沦陷区的问题，我在给编者的信中已讲得很明白。

六

现在还剩下第四和第六两个问题。这其实是两个最重要的问题。赖神甫却认为与本题无关，甚至控诉我“离开了原来的辩论点，而对道德及生活标准作一般性的辩论。但甚至这样，他的问题也不是逻辑的或基本的。

在答复他的时候，我也被迫离开本题”。

他真是把莫须有的罪名加到我头上来了。

他以为我们的讨论只限于“两个标准”。事实上我们的问题的要点却在这标准本身跟它与生活的关系。道德是不变的，它的教条，它的标准却常常因时代、地域或种族而改变。（我本可以举出许多实例，不过为了避免赖神甫再说我“渊博”起见，我不想在这里“罗嗦”了。）倘使我们不弄清楚道德是什么东西，我们怎么能够谈它的标准？赖神甫以为我同他辩论的只是“两个标准的孰高孰低”，其实我所争的却是这一点：道德并非脱离人类生活而单独存在的。人没有“为道德而遵守道德”的义务。道德是为了帮助人类谋幸福，求发达与繁荣而存在的。人类的完满的生活便是道德的目标（我引了理论与事实来证明）。我还解释“生活”这个名词也包含着精神的部分。我甚至说过：“难道提高生活标准就是像赖神甫所说‘使人民有……更多的金钱’而不是提高到一种与我们的正义观念相合的生活？”我想“每个家庭都有住宅，每个口都有面包，每个心都受教育，每个智慧都得着光明”。这是一个卖鱼的意大利人说的话。我说过这是人类追求的共同目的。这便是生活标准的意义。我的意思非常明显。可是赖神甫却认为“这是很混乱的推论”。他甚至武断地说我的论证是“道德就是以善为目的的意向”。凡宰特所建议的目的是善的，所以构成道德。因此我们不需谈道德，只求达到这目的便可。

我请问赖神甫：我在什么地方说过“道德就是以善为目的的意向”这样抽象的话呢？我又在什么地方说凡宰特“所建议的目的是善的，所以构成道德”呢？我引凡宰特的话不过用它来比较具体地解释什么是理想的生活，因为我说过道德的目的是在追求人类的幸福、发达、繁荣，也就是人类的完满的生活。我素来就不高兴用“善”这个字，因为我觉得这个字太抽象了。一般人都把合于道德的行为叫做“善”，要是不先把道德这个东西弄清楚，只说道德的目的是“善”，岂不是等于没有说！……

赖神甫始终没有讲明白道德是什么东西，道德的目的是什么，他却只谈道德标准，并且连道德标准也没有讲清楚，翻来覆去谈的也不过提高道德的标准的重要罢了。他在《两个标准》中提出的三点都是枝节问题，但我在这文章的前面一部分中也已驳斥过了。究竟谁离开本题，读者自然会知道。我总结地再问他一句：先不把道德本身讲明白，他怎么能站住脚跟！

七

赖神甫的文章东拉西扯，左弯右拐，叫人抓不住他的中心点。因此我也只能一段一节地回答他。但是现在我也接近我的结论了。我要来谈谈我那第六个问题。

赖神甫一则说那是“算学或历史的问题”，再则说它“不是逻辑的或基本的”，三则说它“离题太远”。

事实上，在这个问题中，我列举政教分离的天主教教会所统治的国家里面宗教裁判所的存废，以及他们所烧死和拷打的不信教的人的数目来证明一件事实，这是撇开了人民的幸福来谈宗教的结果。

我提出这个问题，因为赖神甫说过：

……这正是西洋宗教领袖所要问的话。他们的计划较政治家的更为繁杂，因为法律不能制定道德。(《山巅上》)

又说：

至于提高道德标准的方法……我不妨在此地提出我们的以历史的例证及个性为根据的信仰，就是这只有通过宗教始有可能。(《走向较好的世界》)

现在还说：

假如有人问我道德标准怎样能够提高，我只能指出经验，它显示了没有宗教，德性是不能长久旺盛的。(《两个标准》)

这才是他的基本的论点。但是我用了那个算学和历史的问题把它推翻了。历史是一个残酷的审判官，当时那班西洋宗教领袖讲的话跟赖神甫现在所讲的并没有两样。可是到了他们得到多数人民的信从以后，他们却利用他们的势力来残杀异教，阻碍进步。赖神甫难道能够说宗教裁判所的法官不是虔诚的信教者？黑暗时期的教会领袖不是“宗教的仆人”？那么他们为什么不能提高道德标准，反而接连制造残杀拷打的惨剧？

我相信赖神甫回答不出这个“为什么”的。因为那原因正是我在第六个问题中所指出的：撇开了人民的幸福来谈宗教。结果呢？结果——不是毫无用处，便是回到宗教裁判所去！甚至赖神甫也不能够抹杀历史的教训！

怎样做人及其它*

××先生：

你的信都收到。我忙，生活乱，没有能早给你写回信，应该求你原谅。

这一年来我接到好些没有见过面的朋友的来信，我都没有回答。我害怕写信，我也不想

* 本篇最初发表于一九四四年五月一日《人世间》第二卷第一期。

讲话。我知道我的对善恶是非的观念跟别人的不同。我不会讲别人爱听的话。可是我又不能撇弃我的理性。因此我只有封住自己的口，等着时间来给我做一个公正的裁判官。

这一年来我用沉默来养我自己，我没有得胃病，倒是一件幸事。朋友们不明白这情形，他们也许不会原谅我。他们会憎厌我的傲慢，责备我的懒惰。可是我有什么办法为自己辩解呢?

你像一些年轻的朋友那样，要我回答“怎样写作”的问题。这个问题可把我窘够了。老实说一句：我答不出。我实在没有想过它，从来没有想过它。你以为一个从事写作的人应该知道怎样写作，你自然有你的理由。现在一般书店里堆满了谈写作和教人怎样写作的书。每本书都有不少的读者。可是我始终没有读过一本，虽然我知道有几个年轻朋友熟读了它们，仍然写不好文章。

你说得对：现在不仅有不少的人爱读“怎样写作”，还有更多的“著作家”喜欢教训人“怎样做人”。我称那些人做“著作家”，我觉得自己脸红。我翻过几本这一类的书，我不解为什么别人让它们毫无顾忌地传播。难道大家就不为这个民族的前途着想？对人讲手段，讲应付；处世要“教育”，要“秘诀”。——那么我们还有什么“将来”呢？大家都有了“秘诀”，大家都会“应付”。什么“理想”，什么“正义”，什么“诚实”，什么“牺牲”都会变成梦话了。

不错，你最近一封信里讲起的那位赖诒恩神甫说过这样的话：“人不会自动地为了公共利益而牺牲他们自己的幸福与愿望。”你不要相信他。那只是一句话罢了。他为了证明对于宗教的需要，为了证明提高道德标准的“比较重要”，他竟然把人当作一个富于自私心的动物，要是不用道德教条来束缚他，不用宗教来感化他，好像人们就会互相残杀似的。

这位天主教的神甫关在教堂里制造人性，可是事实上他却不知道人性是什么。然而要是他放下《圣经》，走出他的圈子，去观察民众生活，去观察大自然，或者去饮一滴从那在森林中巢居的鸟群和在大自然怀抱里造穴的哺乳动物的互爱社会中流出来的互助的清泉，他便知道，不但人，便是动物也是有道德的。法国福勒尔和于伯关于蚁类生活的研究，俄国谢威尔左夫关于鸟类生活的叙述，德国普列姆的巨著《动物的生活》，毕黑勒尔的《动物界的爱与爱的生活》等等（这类书太多，现在只好随便举出几本），都证明一般的动物，并不是生来就有自私心，它们并且能够为群体的利益牺牲个体的愿望。福勒尔描写过蚂蚁的胃内分食的生活：饥渴的蚂蚁遇见它的吃饱的同类，要求分给它一点饮食，它的同类马上张开大颚，吐出一滴透明的养液，让它舐食。彼此满足，大家相安。谢威尔左夫叙述过白尾鹫的“会食”。那天他隐在草原的坡下走近它们，看见它们围着一匹死马。老鹫先吃，吃完便退到近旁的岩上，担任瞭望工作，让年轻的同伴安静地吃饱，大家和睦，绝不争夺。冠凫被希腊人称为“慈母”。鹤类与邻动物也实行互爱。知更鸟哺养戴菊鸟的幼儿。像这类的例子实在太多。所以有人说自然界是人类的第一个道德教师。

原始人更有着很好的伦理与社会。甚至在冰河时代和第三纪末期中的原始人，他们也有着把自己的“我”跟社会的“我们”看作一样的习俗。直到现在无论是蒙昧人——

Savages（如蒲系满人、霍坦脱人、亚柳人、埃斯基莫人等）或野蛮人——Barbarians（如博牙特人、卡巴尔人等）都把同胞的利益看得比个人的利益更重。李席顿司太因看见蒲系满人怎样牺牲自己援救落水的同胞。传教师维尼亚闵诺夫收回他半年前忘记在亚柳人那里的一包干鱼。博牙特人与卡巴尔人有着很好的共同生活的习惯。至于我们所谓的“文明人”，无论从人种学、人类学、生物学、或社会学方面看来，我们绝不是贪婪而自私的动物，在道德上还不如野蛮人、蒙昧人，甚至飞禽走兽和昆虫的！我可以举出千万件事实，我可以指出无数的组织（过去的和现在的）来证明人的确“常常自动地为了公共利益牺牲自己的幸福和愿望的”。

人是道德的生物。他过惯了共同的生活，他知道该怎样公平地对待他的同胞。自有人类以来，他走的总是这样的一条路：把个人的命运联系在群体的命运上，将个人的希望寄托在群体的繁荣中。这是唯一的生活的路。自然力的征服，中世纪自由都市的光荣的历史，近代科学与艺术的伟大的成就……无一不是人类的联合力量与牺牲精神的结果。道德的教条，宗教的束缚，在这些成就上并没有多大的影响，只除了宗教有时阻碍科学的进步，道德教条（道德与道德的教条是两样东西）有时妨碍社会的革新。

至于人的自私与贪欲，社会的不满，罪恶、贫困、战争，都是由不合理的制度来的。它们并非起源于个人的自私心。制度不能产生于一朝一夕，犹如个人不能一旦突然变好或变坏。我们的“存在的一切”都是逐渐演化来的。若将人类当作一个整体看，那么我们可以说，人类永远是向前进的，虽然他有时也走着弯曲的路。

为着将来，我们实在没有悲观的必要。我们还可以看见人类的更光辉的成就。求生的力量，生存的需要，社会的本能逼着人走向联合的路。现代社会的一切优越的知识，发明，便利都是社会全体分子的合作、协力造成的。并且社会愈进化，个人孤独的生活便愈成为不可能，人与人间的关系也愈密切，彼此依赖也愈深。人对他的同胞必须真诚，必须互助；离开了合作与互助人便不能够生存。一个最深刻的伦理公式是："没有平等便没有正义，没有正义便没有道德。"一个社会学家说得好："一个人如果不使他周围的人解放，他也不能解放自己。万人的自由便是我的自由。"另一个伦理学家说："真正的幸福是从在民众中间与民众共同为着真理和正义的奋斗中得来的。"要说"教育"，这才是真正的“处世教育”；要说“秘诀”，这才是真正的“处世秘诀”。甚至下等动物也了解这个道理。我们要谈“怎样做人”，还不如揭下自己的文明的面具，像原始人那样，去向自然界学习吧。从小虫、小鸟，以及种种的动物那里我们可以学到许多正确的知识，都是那些所谓“修养书”里所没有的。你要是不想做一个小滑头，我便劝你不要去读那些“修养书”。

至于我自己怎样做人，我觉得这是值不得提说的。不过我可以告诉你，我喜欢背诵法国地理学家邵可侣的一段话：

> 我无论到什么地方，我都觉得我好像在自己的家里一样，在我自己的国土里一样，在我的同胞、我的弟兄中间一样。我从不曾让我的感情征服了我自己，

只有那对于一个大的祖国内所有居民的尊重与同情的感情，才可以支配着我。我们的地球这么快地在空间旋转，好像大无穷中的一颗砂粒，难道在这个圆球上面，我们还值得花费时间来彼此相恨么？……

一点感想*

听到日本无条件投降的消息，我非常高兴。不过说句老实话，当时我并没有想到“胜利”这两个字。我感到的并不是胜利的喜悦。我只觉得压在我头上的一个可怕的长的梦魇去掉了。一个浓黑的暗夜发白了。这八年来我走

* 本篇最初发表于一九四六年五月《抗战文艺》第十卷第六期。

过了好些地方，经历了，看见了许多事情。我自己当然不能说对抗战尽过多少力。但我却看见那无数的平民为着这个战争流了血，流了汗，牺牲了他们所有的、所宝贵的一切，他们默默地活着，默默地死去。他们没有要求过什么，也没有得到过什么。发财的不是他们，说漂亮话的不是他们。说是一切都为了这个圣战，他们受苦、牺牲，都并无怨言。现在圣战成功了，那么他们的牺牲和受苦也应该终结了。那些血，那些残杀，那些大破坏，我在上海，在广州，在桂林……看见的种种可怖的景象都应该消灭了。的确我仿佛是从一个可怕的长的梦魇中醒了过来似的。所以八月十日之夜晚，我挤在“精神堡垒”前面狂欢的人群中大声笑着。这些年来我闷得够了。

可是这样的喜悦在第二天早上就不知道飞到哪里去了。我觉得昨晚上做了一个快乐的梦。这天报纸上充满着“胜利”和类似胜利的字眼，我才想到了“胜利”。他们说得似乎都不错，很有理。但是不知为了什么缘故，我总觉得我脑子有些糊涂，我想起昨夜狂欢的事，更觉得不好意思，我似乎不配跟着别人欢笑，因为这个胜仗不是我打出来的，而且我连想也没有想到，胜利自己就送过来了。我更耽心，这个胜利纵使我会有一份儿，它分到我名下，我也不会抓住它，它会飞走的。我对这胜利没有一点准备，我狂欢得太早了。

“那么赶快准备迎接胜利吧，”一个朋友鼓励我说。他是一个乐观派。

准备，迎接都不错。但是怎样准备呢？我正为着这个“准备”发愁。

单是“胜利”两个字并不能解决我们的一切问题，我们狂欢得太早了。

8月14夜。